今日营养餐丛书

小炒

XIAOCHAO

犀文资讯 编著

健康之道，重在营养

营养之道，重在均衡

精选九十多道日常营养菜肴，搭配一日三餐营养食谱，详细的制作过程，让你吃得美味吃得营养。

湖南美术出版社

前 言

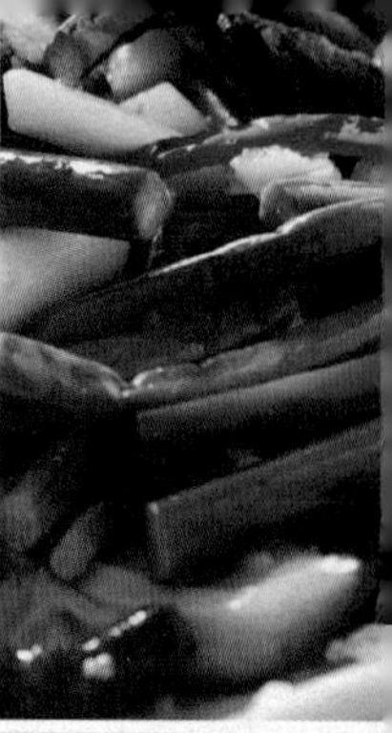

PREFACE

“民以食为天”，俗语说：“清早开门七件事,柴米油盐酱醋茶。”这句话道出了一个朴实的真理。在饮食文化迅速发展的今天，营养、美味、美观已经被同时提上日程。以您目前的厨艺能胜任家庭营养师吗？家人的营养与健康的重担全系于您一身，您是否觉得力不从心了呢？这时“今日营养餐”系列丛书绝对是您提高厨艺的首选。它教您家常小炒、蒸菜、煮菜、烧菜、焖菜和汤品，丰富家人营养，塑造家庭美食，保障家人健康。

炒，是最广泛、最实用的中国传统烹调方法之一。用一些常用的烹调方法所制作的菜肴，大家习惯用“炒”字代替，笼统地称为“炒菜”。烤的历史是最为悠久的，接着便是煮，蒸则是在烹饪技术进一步发展之后才出现的。蒸菜，以其鲜香的原汁原味而打动不少人的味蕾，纵使尝遍千万种味道，蒸菜那直白、纯粹与简单的原味仍令人念念不忘。蒸，一种看似简单却殊不简单的烹法，颇能考验下厨者的功力。烧、焖适用于制作各种不同原料的菜肴，其成菜色泽油润光亮，口味醇厚鲜香，深受人们的喜爱。烧法，一般是先将食物经过煸、煎、炸的处理后，进行调味调色，然后再加入药物和汤或清水，用武火烧开，文火焖透，烧至汤汁稠浓，烧法所制食品汁稠味鲜。焖法是先将食物和药物用油炝加工后，改用文火添汁焖至酥烂的烹制方法，焖法所制食品的特点是酥烂、汁浓、味厚。汤在人们饮食中起到不可替代的作用，汤不仅补充人体所需水分，同时鲜美的汤诱人食欲，更有人把汤作为养生佳品。

本丛书所选每道菜均注意营养搭配、选材方便、简单易做，书中用一些常用的烹调方法，详细讲述了每道菜的用料、制作方法，每种菜均配有精美成品效果图及清晰直观的步骤图，使您一看就懂，一学就会，让您在家轻轻松松就可以做出一道道色香、味美的健康菜肴。

目录

CONTENTS

香菇炒西兰花

原 料

鲜嫩西兰花250克，香菇50克。

调 料

蒜蓉、盐、味精、胡椒粉各适量。

温馨小提示

挑选西兰花时，手感越重的，质量越好。不过，也要避免其花球过硬，这样的西兰花比较老。买回后最好在4天内吃掉，否则就不新鲜了。

做 法

step1 把西兰花洗净，切块；用热水把香菇泡软，洗净挤干水分，切成片。

step2 将西兰花、香菇同时放入沸水中汆3~5分钟，马上捞出。

step3 锅中放油烧热，依次放入香菇、西兰花、盐、味精和胡椒粉炒匀，出锅即成。

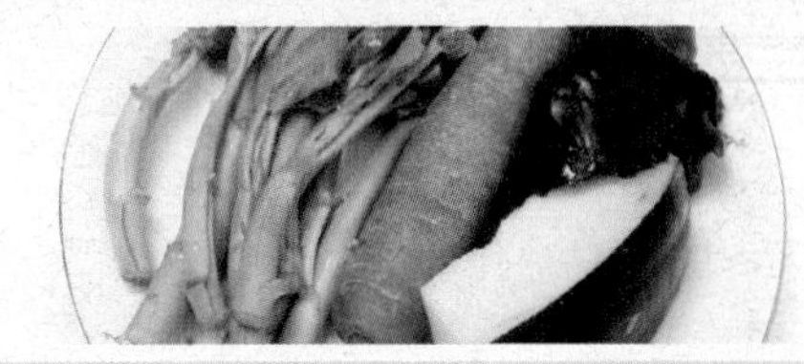

原　料　大芥蓝200克，冬瓜100克，胡萝卜10克，木耳10克，蒜。

调　料　花生油、盐、糖、湿生粉、鸡精各适量。

芥蓝炒白玉

温馨小提示

芥蓝中含有有机碱，能刺激人的味觉神经，增进食欲，还可加快胃肠蠕动，有助消化。

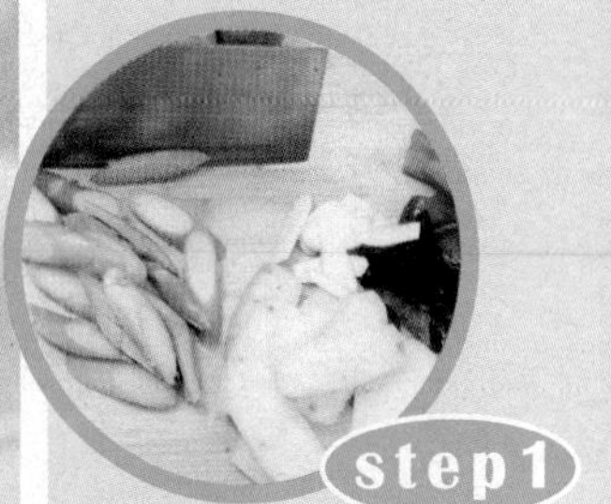

做　法

step1　芥蓝去皮，切斜片；冬瓜去皮去籽，切厚片；胡萝卜去皮，切片；蒜切片；木耳切片。

step2　锅内加水烧开，放入大芥蓝、冬瓜、胡萝卜，煮至八成熟时捞起，冲凉备用。

step3　油倒入锅中，放蒜片、木耳，炒香，加芥蓝、冬瓜、胡萝卜、盐、糖、鸡精，炒透，用湿粉勾芡即可。

炒洋葱头

原料

洋葱头120克，青红椒各1个。

调料

食油、食盐、酱油适量，香醋、白糖少许。

温馨小提示

不可过多食用洋葱。因为容易产生挥发性气体，过量食用会产生胀气和排气过多，给人造成不快。

做法

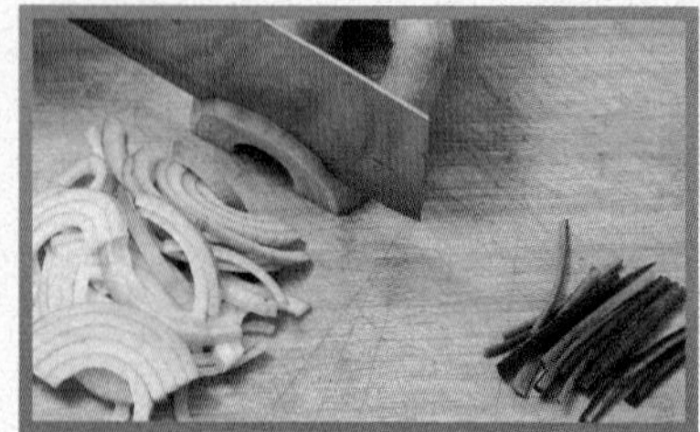

step1 取洋葱头去掉外皮，洗净，切丝；青红椒洗净切丝。

step2 旺火热锅加食油，放入洋葱丝、椒丝翻炒，加入食盐、酱油、香醋、白糖调味，拌炒均匀。

step3 至洋葱熟透，出锅装盘即成。

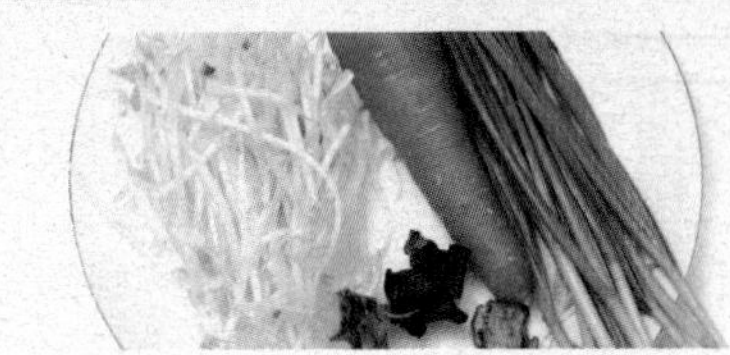

原　料　绿豆芽150克，胡萝卜50克，韭菜50克，蒜蓉，木耳30克。

调　料　盐8克，味精5克，生油10毫升。

三丝炒绿豆芽

温馨小提示

绿豆芽性寒，烹调时应配上一点姜丝，以中和它的寒性，十分适于夏季食用。

烹调时油盐不宜太多，要尽量保持其清淡的性味和爽口的特点。芽菜下锅后要迅速翻炒，适当加些醋，才能保存水分及维生素C，口感才好。

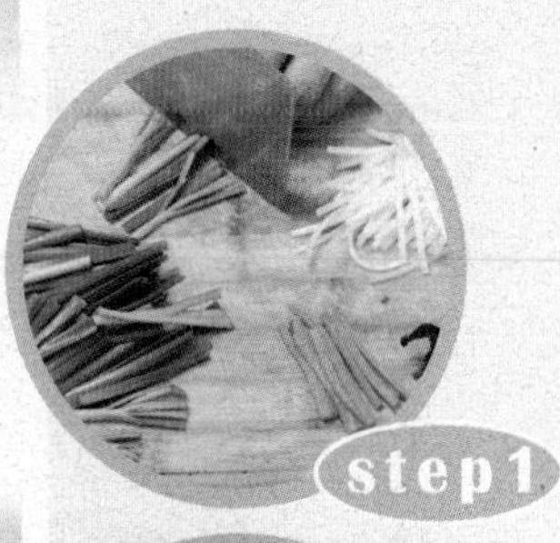

step1

step2

step3

做　法

step1　将绿豆芽洗净，韭菜切段，胡萝卜切丝，木耳浸透后也切成丝。

step2　锅内放油烧热，放入以上材料煸炒。

step3　至熟时，再加盐、味精炒匀，出锅即可。

蒜苗炒花肉

原料

猪五花肉250克，葱花，生姜末，蒜苗100克。

调料

精盐、味精、鲜汤、黄酒、生抽、精制植物油各适量。

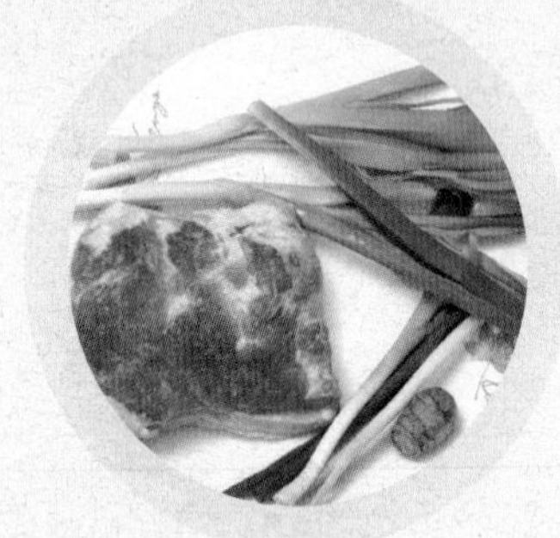

温馨小提示

蒜苗具有明显的降血脂及预防冠心病和动脉硬化的作用，可预防血栓的形成，同时还能保护肝脏，并对预防癌症有一定的作用。

做法

step1 蒜苗择洗干净，每根一剖为二，切成3厘米长的段；五花肉连皮切成薄片。

step2 炒锅置火上，放油烧至五成热，放入葱花、生姜，煸出香味，加五花肉同炒。

step3 加蒜苗翻炒，烹入黄酒、鲜汤，加入精盐、味精，翻炒至熟即成。

原 料 番茄3个，小葱5根，鸡蛋4个。

调 料 油、盐适量，胡椒少许。

番茄炒鸡蛋

温馨小提示

烹调时，不要久煮，稍加些醋，就能破坏其中的有害物质番茄碱。

做 法

step1 每个番茄切6小块；小葱切成段，蛋液中加少许盐搅匀备用。

step2 将蛋液打入锅中，以大火炒至蛋半熟时加入葱段，略炒后起锅。

step3 将番茄放入热油锅快炒，盖锅焖片刻，加入炒蛋，以盐1/3小勺、胡椒调味。

五色炒玉米

原料

玉米1个，豌豆、香菇、红辣椒、葱、姜、冬笋各适量。

调料

绍酒、精盐、味精、鲜奶油各适量。

温馨小提示

玉米熟食更佳，烹调尽管使玉米损失了部分维生素C，却获得了更有营养价值的抗氧化剂活性。玉米霉变后不能吃，因其所产生的黄曲霉是致癌物质。

做法

step1 小香菇用温水泡发回软；红辣椒、冬笋洗净，切小丁。将玉米粒从玉米棒上削下来。

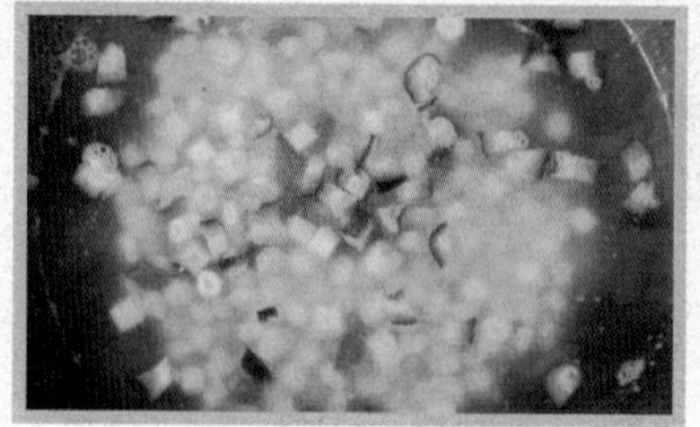

step2 将玉米粒、豌豆、香菇、红辣椒一起焯水烫透，捞出沥干水分备用。

step3 炒锅上火加油，用葱、姜炝锅，烹绍酒，爆炒，加精盐、味精、鲜奶油，再加原料，翻炒，勾芡淋明油，出锅。

山野菜炒蘑菇

原　料　山野菜（可用蕨菜代替）200克，葱，蒜子，小冬菇25克，青、红椒各15克。

调　料　上汤、浓缩鸡汁、绍酒、牛肉清汤粉、蚝油、芡粉各适量。

温馨小提示

山野菜要清洗干净彻底。炒制时须旺火速成。

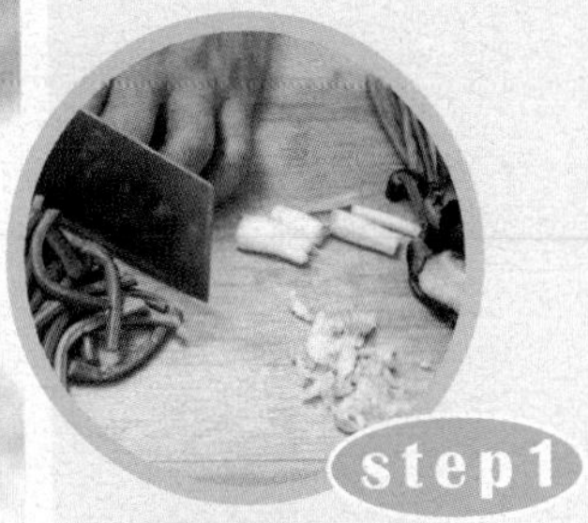

step1

step2

step3

做　法

step1 山野菜洗净切段；青红椒去籽切成条；小冬菇泡发回软洗净，加入上汤、浓缩鸡汁，蒸透入味备用。

step2 炒锅置火上烧热，加入底油，爆香葱、蒜蓉，烹绍酒，倒入原料，添少许汤，加牛肉清汤粉、蚝油，翻炒均匀。

step3 用芡粉勾薄芡，淋明油，出锅装盘即可。

咖喱酸辣白菜

原料

白菜500克，干红辣椒3个。

调料

精盐、味精、白糖、咖喱粉、麻油各适量，醋25毫升。

温馨小提示

根据维生素C溶于水这一特性，在烹调时为减少其富含的维生素C和具有抗癌化合物的损失，可采用沸水焯后，断其生味，急火快炒，调味后迅速出锅的做法或烹制成半汤菜，以保持其有益成分和清香脆嫩的特点。

做法

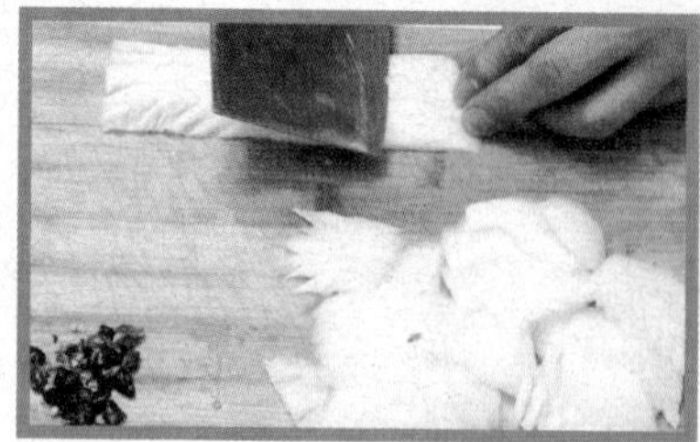

step1 将白菜剥开，切成片。干红辣椒去蒂、籽后洗净，切碎。

step2 将白菜焯水烫透，捞出沥干水分备用。

step3 锅置火上，加水，放咖喱粉、辣椒丝、白糖、精盐、味精、醋烧沸晾凉，加白菜浸泡4小时捞出。

原 料 丝瓜600克，葱2根，姜3片，金针菇150克，干贝75克。

调 料 精盐1/2大匙，水淀粉1大匙。

温馨小提示 丝瓜汁水丰富，宜现切现做，烹制丝瓜时应注意尽量保持清淡，油要少用，可用味精或胡椒粉提味，这样才能显示丝瓜香嫩爽口的特点。

丝瓜干贝

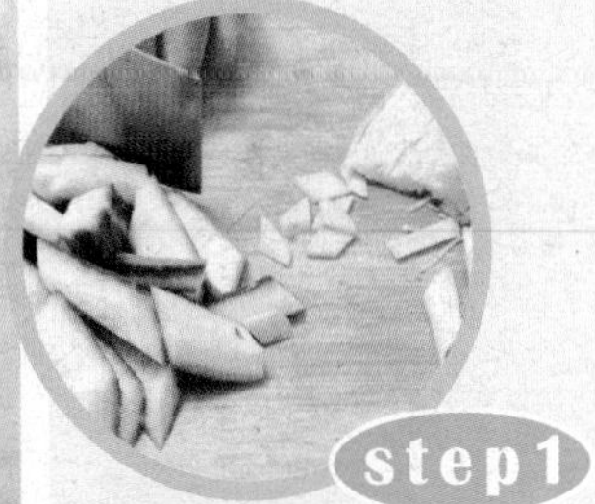

做 法

step1 丝瓜洗净去皮切块；葱洗净，切段；姜去皮，切片备用；金针菇切除根部，洗净。

step2 干贝洗净，泡水3小时，放入碗中，加1杯水，移入蒸锅中蒸至熟软，取出，沥干水分，以手撕成丝备用。

step3 锅中倒油烧热，放葱、姜爆香，加丝瓜炒熟，再加水煮软，加金针菇、干贝丝及精盐煮匀，淋入水淀粉勾芡即可。

清炒苦瓜

原 料

新鲜苦瓜250克，姜丝、葱末。

调 料

花生油、精盐、味精各适量。

温馨小提示

苦瓜性凉，一般人均可食用，但脾胃虚寒及腹痛、腹泻者不宜食苦瓜。

做 法

step1 将新鲜苦瓜洗净，去籽瓤，切成细丝。

step2 将花生油烧热，加入适量姜丝、葱末，略爆一下。

step3 随即投入苦瓜丝爆炒片刻，加精盐、味精略炒即成。

原　料　大白菜500克，姜丝少许，胡萝卜50克。

调　料　食用油2大匙，镇江陈醋1大匙，白糖1/2大匙，精盐1/3小匙，味精1/4小匙，淀粉适量。

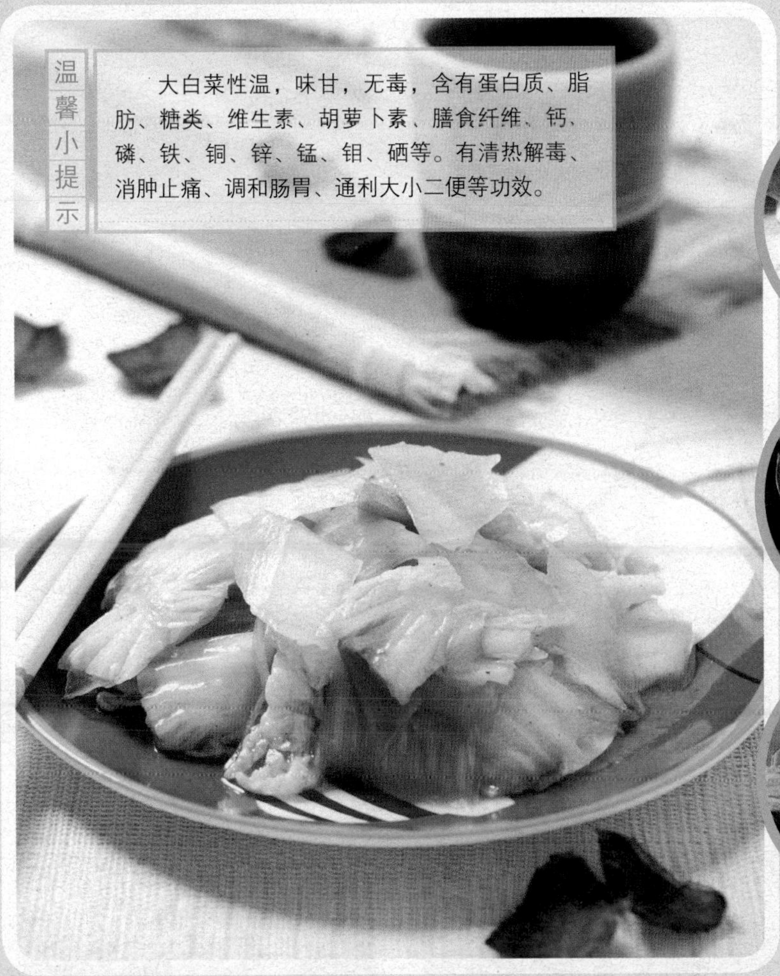

温馨小提示　大白菜性温，味甘，无毒，含有蛋白质、脂肪、糖类、维生素、胡萝卜素、膳食纤维、钙、磷、铁、铜、锌、锰、钼、硒等。有清热解毒、消肿止痛、调和肠胃、通利大小二便等功效。

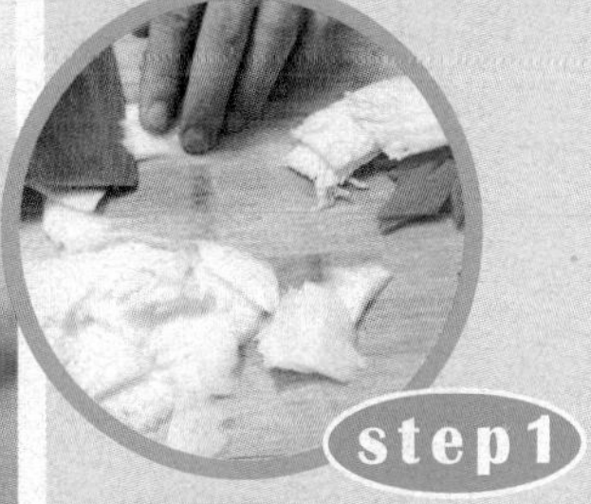

醋熘白菜

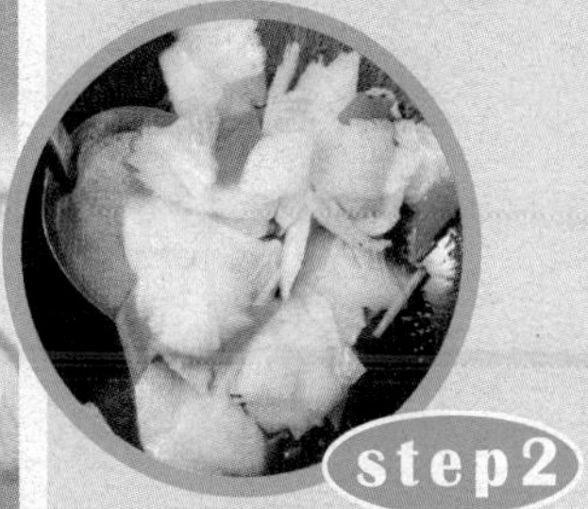

做　法

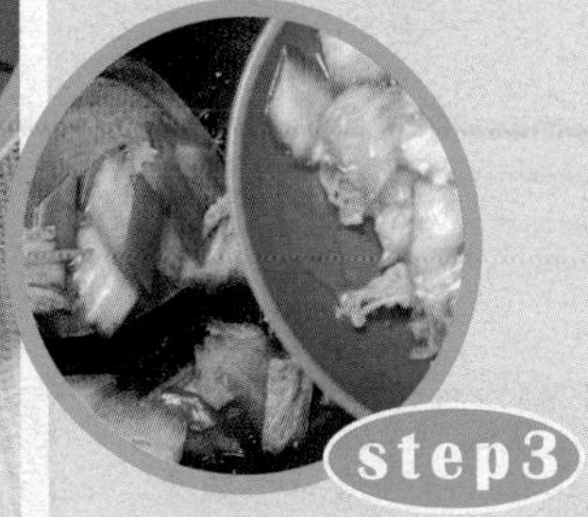

step1　大白菜洗净去叶切片，下沸水中焯烫，捞出投凉，沥净水分。胡萝卜洗净切成“象眼片”，焯水沥干。

step2　炒锅置火上烧热，加适量底油，用姜丝炝锅，放入白菜片、胡萝卜片煸炒。

step3　烹白醋，加白糖、精盐、味精，用水淀粉勾芡，淋明油，出锅装盘即可。

炒黄瓜酱

原料

黄瓜250克，葱末、姜末各少许，猪瘦肉150克。

调料

食用油2大匙，酱油1大匙，甜面酱1/2大匙，味精1/3小匙，香油1小匙，淀粉适量。

温馨小提示

选用新鲜的黄瓜，才能清香味浓。煸炒肉丁和黄瓜丁时，火力不宜过旺。

做法

step1 黄瓜洗净，切成1厘米见方的小丁，用少许精盐腌渍10分钟，挤去水；猪瘦肉也切成相同大小的丁备用。

step2将炒锅烧热，加适量底油，放入肉丁煸炒至变色，加入葱末、姜末、甜面酱、酱油煸炒出酱香味。

step3 再放入黄瓜丁翻炒，加味精，用水淀粉勾芡，淋香油，出锅装盘即可。

原　料　白菜叶、葱末、姜末各少许，猪肉250克，鸡蛋1个。

调　料　面粉少许，香油1小匙，精盐1/2小匙，味精1/3小匙，花椒粉、淀粉适量。

如意白菜卷

温馨小提示

馅料调制的口味一定要适中。菜卷包裹要严紧，以免制作时松散。

step1

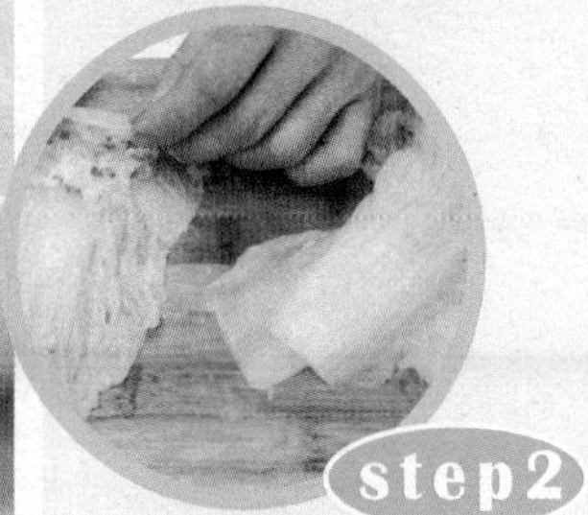

step2

step3

做　法

step1 猪肉剁成馅，加调料拌匀；白菜叶洗净烫软，捞出沥干；鸡蛋磕入碗中，加少许面粉调成糊。

step2 将白菜叶铺在案板上，抹一层鸡蛋糊，再将肉馅抹在上面，卷成圆柱形。

step3 上屉蒸熟，取出装盘，再另起锅，勾少许清芡淋在上面即可。

香辣土豆块

原料

土豆500克，干红辣椒50克，葱花、姜末各少许。食用油1000毫升。

调料

白醋1/2大匙，精盐1/2小匙，味精1/3小匙。

温馨小提示

干红辣椒用清水泡软，才能煸炒，否则易煳。

做法

step1 土豆洗净去皮，切成“滚刀块”；干红辣椒去蒂及籽，切小段，洗净泡软备用。

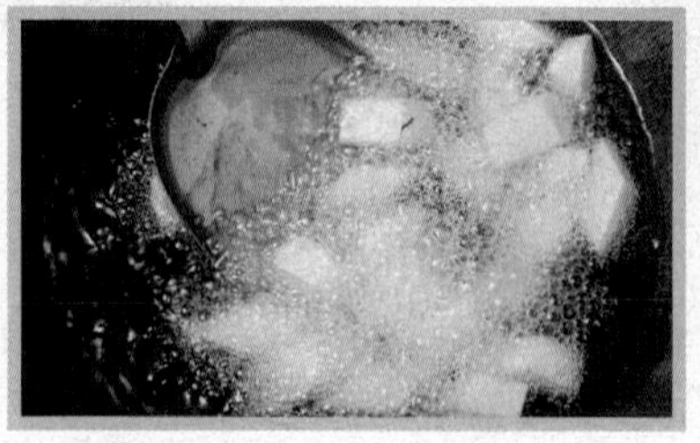

step2 锅中放油，烧至七成热，下入土豆块炸至熟透，呈金黄色时倒入漏勺。

step3 锅置火上加油，用姜末炝锅，下红辣椒煸炒出油，下土豆块，烹醋添汤，加精盐、味精翻炒，撒葱花即可。

原 料 嫩菠菜250克，鸡蛋2个。

调 料 熟食用油、精盐、面粉、味精、干淀粉、西红柿酱各适量。

酥香菠菜

温 馨 小 提 示

菠菜梗挂糊，叶子不挂糊。炸菠菜宜用旺火，以六成热的油快速炸制，不可久炸、炸干。

step1

step2

step3

做 法

step1 将嫩菠菜择去老叶，洗净沥干，用刀削尖菠菜头。

step2 鸡蛋磕入碗内，加入干淀粉、面粉和少许水调成“全蛋糊”，再加入精盐、味精调匀备用。

step3 往锅中倒油烧热，将菠菜下半部挂上“全蛋糊”，下油锅炸至金黄色，捞出沥油装盘，配西红柿酱即可。

桃仁莴笋

原料

莴笋300克，净核桃仁50克，胡萝卜50克，蒜蓉少许。

调料

精盐、鸡精、香油各适量。

温馨小提示

在焯莴笋时，时间不宜过长，否则容易变色。

做法

step1 将莴笋去皮洗净，切成片，胡萝卜去皮切成片。

step2 锅内放油烧滚，投入核桃仁炸一下，捞出。

step3 烧锅下油，以蒜蓉爆香，投入莴笋片、胡萝卜片翻炒，加精盐、香油、鸡精，再加入核桃仁炒匀即可。

原料 鲜芦笋300克，蒜蓉少许。

调料 食用油1大匙，葱油1小匙，精盐、味精各1/3小匙，淀粉适量。

炒鲜芦笋

温馨小提示

鲜芦笋焯水时间不宜过长。此菜须旺火速成。

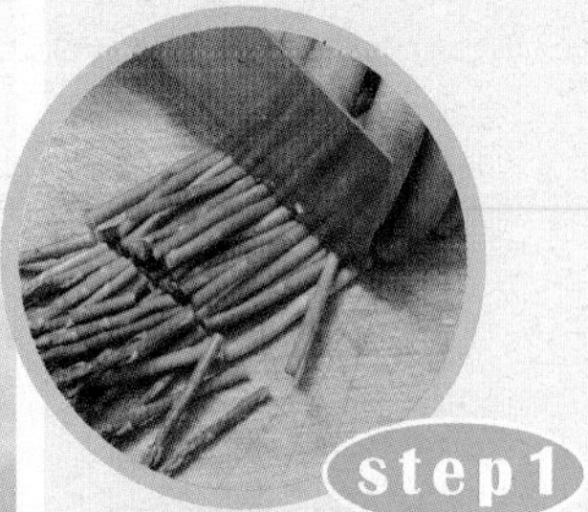

step1

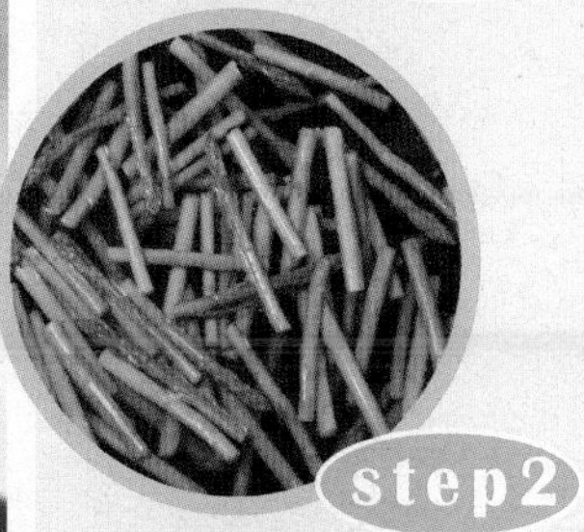

step2

step3

做法

step1 将鲜芦笋洗净，抹刀切成3厘米长的段。

step2 将芦笋下入沸水中焯透，捞出投凉，沥净水分备用。

step3 锅置火上烧热，加底油用蒜蓉炝锅，添少许汤，加精盐、味精翻炒。再下芦笋翻炒，勾薄芡，淋明油即可。

糖醋藕片

原料

鲜藕250克，青、红辣椒各25克，食用油1大匙。

调料

白醋、白糖各2大匙，精盐1/2小匙，花椒10粒，淀粉适量，香油少许。

温馨小提示

鲜藕切片后，用凉水投洗可去黏液，并能防止氧化，保持洁白本色。

做法

step1 辣椒去蒂、籽，切片；将藕去皮、去节，顺刀切成0.3厘米厚的片，用凉水投一下捞出，沥净水分。

step2 锅上火烧热，加油放花椒粒炸出香味后捞出不要，再放藕片翻炒，点白醋，加白糖、精盐，添汤烧至入味。

step3 见汤汁稠浓时，下入青、红辣椒翻拌均匀，用水淀粉勾芡，淋香油，出锅装盘即可。

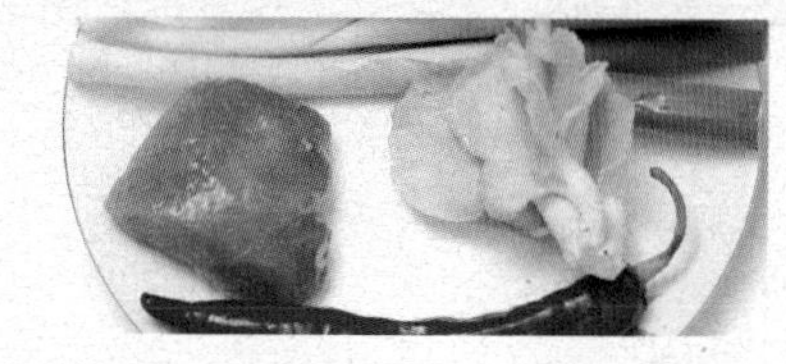

原 料 蒜苗250克，平菇50克，葱末，姜末，红椒25克，鸡胸肉50克。

调 料 精盐、绍酒、蚝油、鸡精、高汤、生抽、白糖、白醋、蛋清、水淀粉、食用油各适量。

三丝蒜苗

温馨小提示

蒜苗不宜烹制得过烂，以免辣素被破坏，杀菌作用降低。

step1

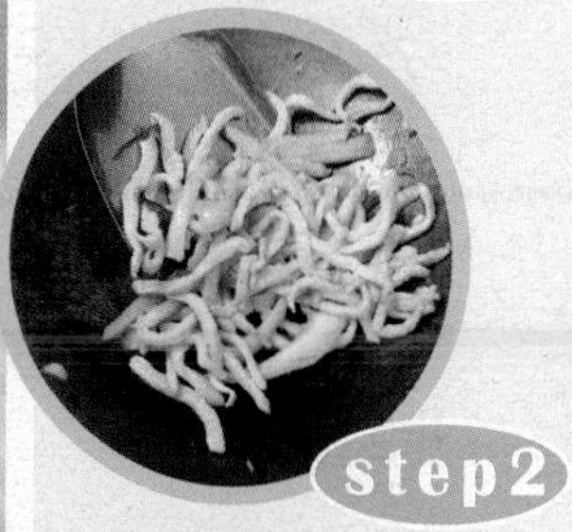

step2

step3

做 法

step1 蒜苗摘洗切段；平菇、红椒洗净切丝；鸡胸肉切丝，加精盐、绍酒、蛋清、水淀粉，上浆待用。

step2 坐锅点火放油，油温四成热时，倒入鸡丝划散，烹入绍酒，放入蚝油，生抽、高汤、白糖炒开。

step3 再放入蒜苗、红椒、平菇翻炒均匀，最后用水淀粉勾芡，加入适量的白醋，出锅即可。

莴苣炒香菇

原　料

莴苣400克，水发香菇50克，蒜蓉适量。

调　料

白糖、精盐、味精、酱油、胡椒粉、湿淀粉、精制植物油各适量。

温馨小提示

泡发香菇的水不要丢弃，很多营养物质溶在水中，可以用此水掺湿淀粉勾芡，淋到菜里。

做　法

step1 将莴苣去皮，洗净，切成菱形片；水发香菇去杂，洗净，切片。

step2 炒锅上火，放入油烧热，倒入莴苣片、香菇片，煸炒几下。

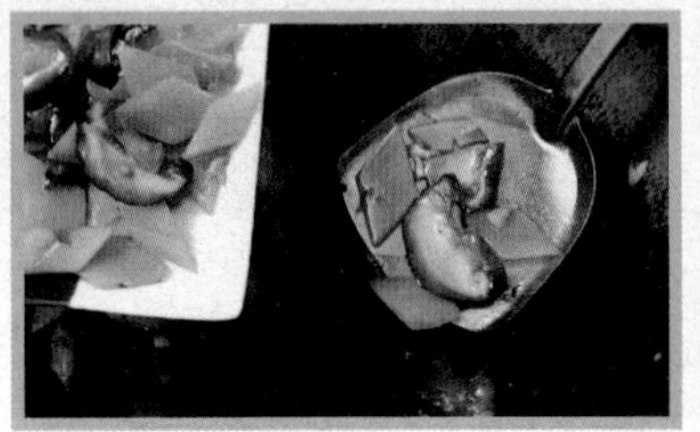

step3 加入酱油、精盐、白糖，入味后加味精、胡椒粉，用湿淀粉勾芡，推匀，出锅即成。

木樨黄花菜

原 料 黄花菜150克，葱花，木耳20克，鸡蛋2个，海米25克。

调 料 盐、味精、香油、鸡粉各适量。

温馨小提示

新鲜黄花菜应当少吃或不吃。因为新鲜黄花中含秋水仙碱，极易变成有毒的氧化二秋水碱，吃了会使人中毒。

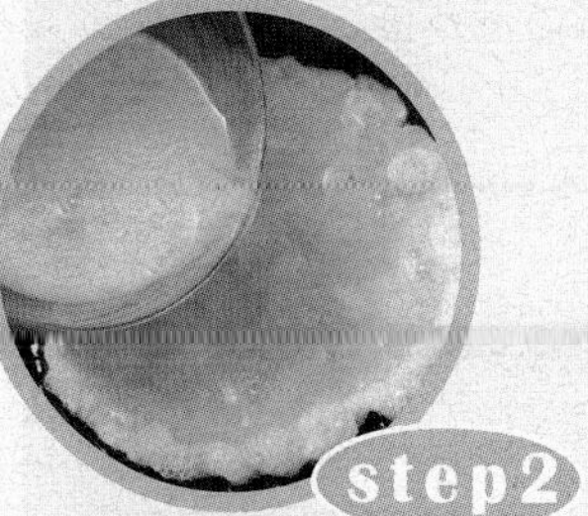

做 法

step1 将海米及黄花菜泡发回软，洗净沥干；黄花菜切段，焯水处理；木耳泡透切成条。

step2 鸡蛋打入碗中，加少许精盐、味精，搅散备用，锅烧热放油，加入鸡蛋翻炒。

step3 再倒入其他原料，调进鸡粉、味精炒匀，淋香油，撒上葱花，出锅装盘即可。

香辣绿豆芽

原 料

绿豆芽300克，干辣椒、葱花各少许。

调 料

食用油1大匙，酱油、白醋各1小匙，精盐、味精各1/2小匙，花椒10粒，香油各少许。

温馨小提示

绿豆芽纤维较粗，不易消化，且性质偏寒，所以脾胃虚寒之人，不宜久食。绿豆芽中含有核黄素，口腔溃疡的人很适合食用。

做 法

step1 绿豆芽择洗干净，下沸水中焯烫片刻，立即捞出，沥净水分备用。

step2 锅置火上烧热，加底油，下花椒粒炸出香味捞出不要，放葱丝炝锅，烹白醋，下绿豆芽、干辣椒煸炒。

step3 片刻后，再加精盐、酱油、味精翻炒均匀，淋香油，撒上葱花，出锅装盘即可。

白菜炒牛肉

原料 牛肉250克，姜、葱各适量，白菜心250克。

调料 盐2克，味精、醋、红糖、香油、料酒、淀粉各少许。

温馨小提示

牛肉蛋白质所含人体必需氨基酸很多，营养价值高。具有暖中补气，补肾壮阳，健脾补胃，滋养御寒，益筋骨，增体力之功效。

step1

step2

step3

做法

step1 将白菜剖开取心，切成细丝。葱和姜洗净切丝。

step2 将牛肉洗净切成肉丝，加盐、淀粉、醋腌10分钟。

step3 起油锅，放牛肉丝翻炒后，浇入料酒，投入葱，盖上锅盖，焖约2分钟，再加入白菜，稍炒，调味即可。

肉丝炒荷兰豆

原 料

荷兰豆250克，咸菜50克，猪瘦肉100克，植物油适量。

调 料

白糖、味精、精盐各适量。

温馨小提示

菜用大豆，人们称之为毛豆，其口感好，营养价值高，菜用大豆既是食品，又是药用材料，具有健脾补肾、清热解毒、利尿消肿、祛风活血、黑发明目之功效。

做 法

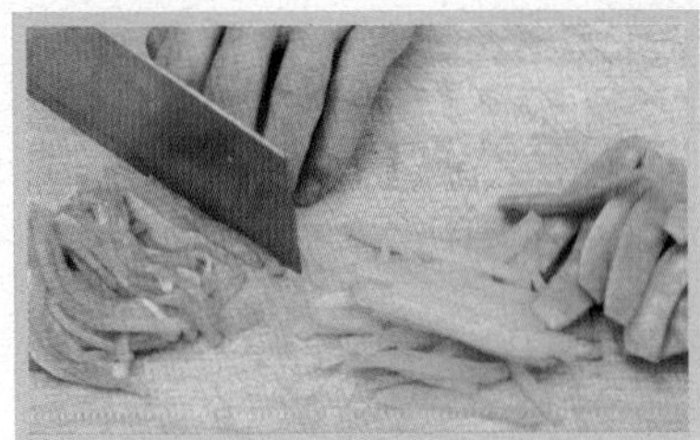

step1 将荷兰豆洗净择去豆荚，咸菜洗净后，切成粗丝，猪瘦肉洗净，切成丝。

step2 炒锅烧热，放入油，待油热后放肉丝炒至断生，倒入咸菜煸炒，加入少许水，炒至水分收干离火盛出。

step3 将炒锅烧热，加油约25克，热后下毛豆煸炒，加盐，白糖再炒，放咸菜，肉丝，味精，翻炒均匀出锅。

原料 猪肚250克，芝麻5克（焙好），红尖椒1个，青椒200克，鸡汤75毫升。

调料 淀粉75克，酱油30毫升，香油50毫升，盐适量。

青椒炒猪肚

温馨小提示

猪肚人人可食，诸无所忌。但胆固醇过高者当少食或不食；消化功能差的人不宜多食。

step1

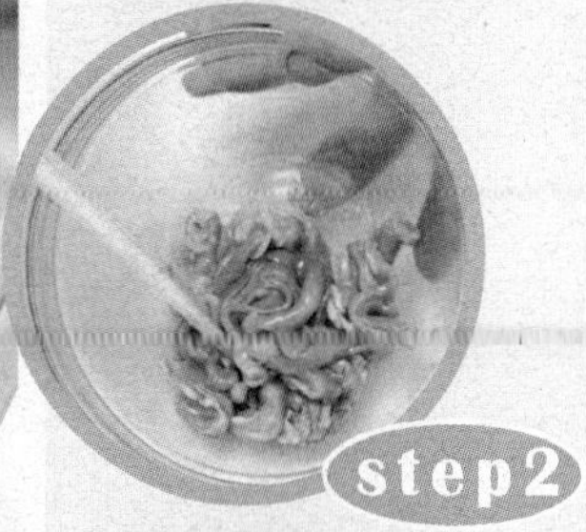

step2

step3

做法

step1 青椒、红尖椒去蒂、籽，洗净，切成细丝，放入盐腌渍片刻。酱油、淀粉放入碗内，加鸡汤勾兑成芡汁。

step2 将猪肚用生粉抓洗干净，切成细丝，与盐、酱油、淀粉搅拌均匀，腌渍入味。

step3 炒锅烧热放香油，下青椒煸炒，取出再放香油烧热，下猪肚煸炒，加青椒，调芡汁翻炒起锅，撒芝麻即可。

生炒松花蛋

原 料

松花蛋6个，马蹄3个，葱，姜，木耳少许。

调 料

淀粉100克，鸡精1/3大匙，绍酒1/4大匙，水1大匙。

温馨小提示

每100克可食松花蛋，氨基酸总量高达32毫克，为鲜鸭蛋的11倍，而且氨基酸种类多达20种。因此，松花蛋比鲜蛋的营养价值更高，在人体内更容易消化吸收，而且有一定的补益和祛病效能，一年四季皆可食用。

做 法

step1 皮蛋去壳，切成4瓣，把鸡蛋打在碗里和淀粉一起搅拌均匀，沾裹在切好的皮蛋上。

step2 锅中倒入2杯油烧热，放入皮蛋炸至酥脆呈金黄色，捞出，沥干油分备用。

step3 锅中留油烧热，加入木耳、马蹄、鸡精、绍酒和水炒熟，再加入皮蛋炒匀即可。

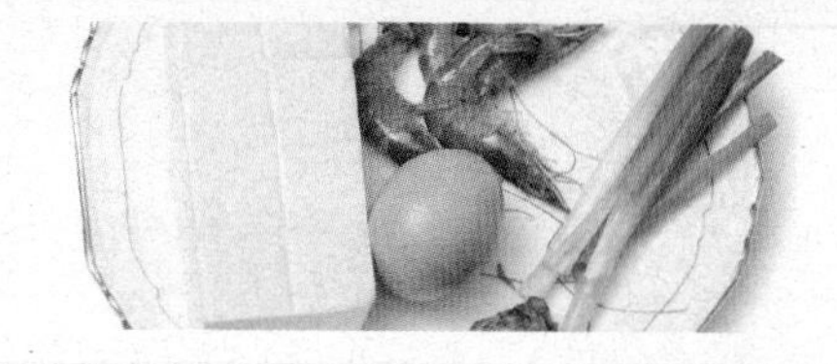

原　料　豆腐300克，虾仁100克，鸡蛋1个，香油、葱、姜各适量。

调　料　盐、味精、料酒、鸡汤或水、淀粉、油。

虾仁豆腐

温馨小提示

豆腐单独做菜时，其中的蛋白质利用率极低，因大豆蛋白中缺少蛋氨基酸，蛋类、肉类、鱼类蛋白质中的蛋氨酸含量较高，豆腐应与此类食物混合食用，可提高豆腐中蛋白质的利用率。

step1

step2

step3

做　法

step1 豆腐切丁，用开水焯后滤干；葱、姜切片；虾仁去掉背部沙线；将调料放入碗中调成汁。

step2 将虾仁放入碗中，加盐、料酒、淀粉、鸡蛋半个，搅拌均匀；炒锅内注入油烧热，放入虾仁炒熟。

step3 再加入豆腐同炒，受热均匀后加入料汁，迅速翻炒，使汁完全挂在原料上即可。

彩色虾球

原料

虾仁300克，姜2片，葱段、小黄瓜、胡萝卜各适量。

调料

精盐1/2小匙，绍酒1大匙，淀粉1小匙，香油适量。

温馨小提示

凡虾类皆可补钙，尤以虾皮补钙效果更佳。

一般人均可食用，虾为发物，急性炎症和皮肤疥癣及体质过敏者忌食。

做法

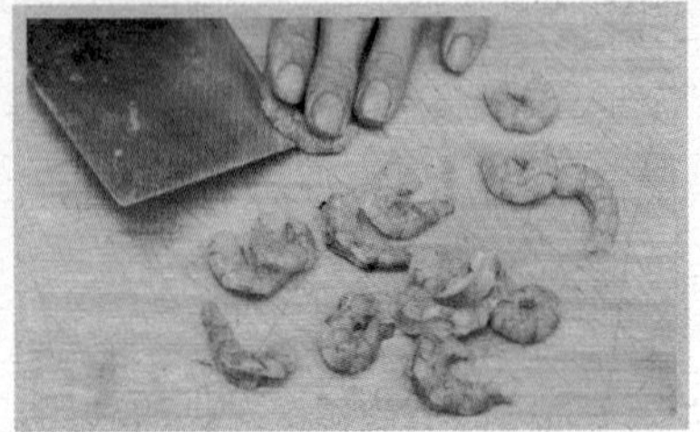

step1 虾仁由背部划一刀，挑除肠泥，抓洗干净，擦干水分，再用精盐、绍酒、淀粉抓拌均匀，约7～8分钟入味。

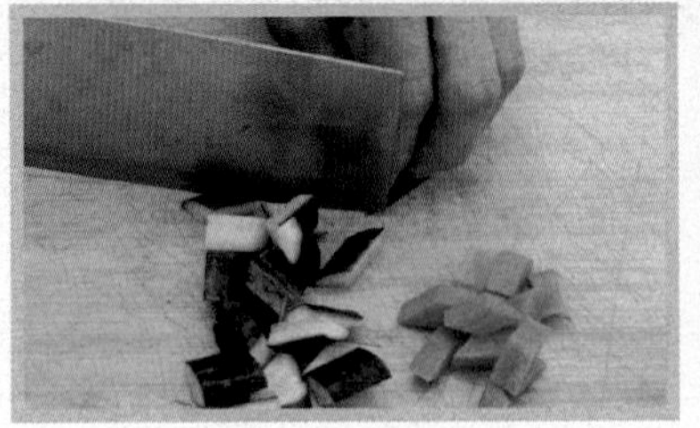

step2 小黄瓜洗净切丁；胡萝卜取尾段，去皮，切丁备用。

step3 锅中倒2大匙油烧热，放入虾仁、姜片翻炒至九分熟，再放入小黄瓜，加精盐、香油炒匀，即可出锅。

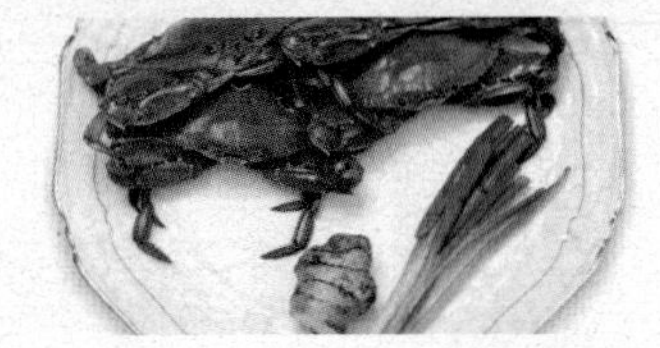

原 料 花蟹约250克，姜片、葱段各20克。

调 料 猪大油、蒜泥、食盐、味精、白糖、生抽、淀粉、香油、料酒、胡椒粉适量。

葱姜炒花蟹

温馨小提示

蟹含有蛋白质、脂肪、碳水化合物、钙、磷、维生素A、B族维生素等营养成分。铁的含量比一般鱼类高出5~10倍以上，具有较高的药用价值。

step1

step2

step3

做 法

step1 花蟹宰杀，从脐甲的中线剁开，去盖刮腮；剁去螯切成两段，再拍破蟹壳，将蟹身切成四块，每块各带 爪。

step2 把炒锅用旺火烧热，下猪油，烧至六成沸，即下花蟹，烧至熟，捞起。

step3 锅内留油，爆炒姜、葱、蒜，再下蟹块，加调料烧至水将干时，下猪油、香油、胡椒粉炒匀，用湿淀粉勾芡即可。

快炒鱿片

原料

水发鱿鱼1条，青蒜2棵，红辣椒1根，姜3片。

调料

绍酒1大匙，白糖1/3小匙，精盐1/2小匙，淡色酱油2大匙，香油适量。

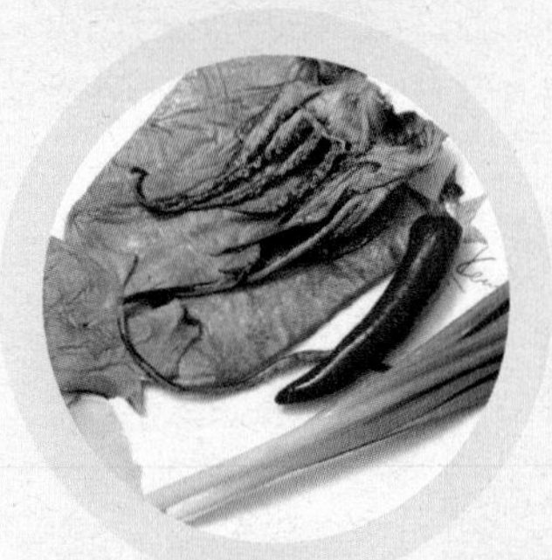

温馨小提示

鲜鱿鱼须煮熟透后再食，因其含有一种多肽成分，未煮透而食，会导致肠运动失调。

做法

step1 青蒜洗净，与红辣椒同切成斜片；鱿鱼撕去表面皮膜，洗净，由内面斜切交叉刀纹，再切块。

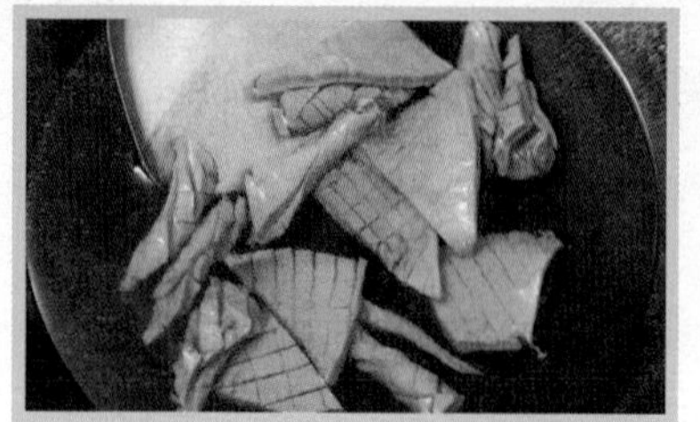

step2 将鱿鱼块放入温水中(约70℃左右)汆烫一下，使之起卷，马上捞起。

step3 油烧热，炒香蒜白、红辣椒、姜片，放入绍酒、白糖、精盐、酱油、香油及鱿鱼炒匀，起锅前放蒜尾即可。

原　料　虾仁250克，鸡蛋4个，葱花10克。

调　料　精盐、味精适量，干淀粉3克，小苏打1克，芝麻油1毫升，胡椒粉少许，植物油适量。

滑蛋虾仁

温馨小提示

若减去葱花，在锅中摊成直径约16厘米的圆饼，用小火煎至两面金黄，便成“蛋煎虾饼”。

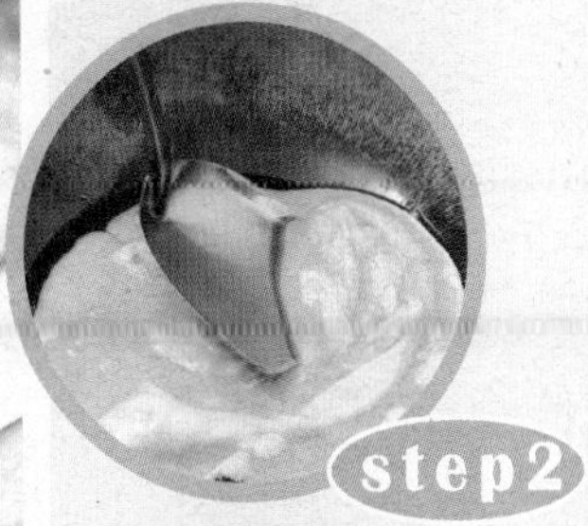

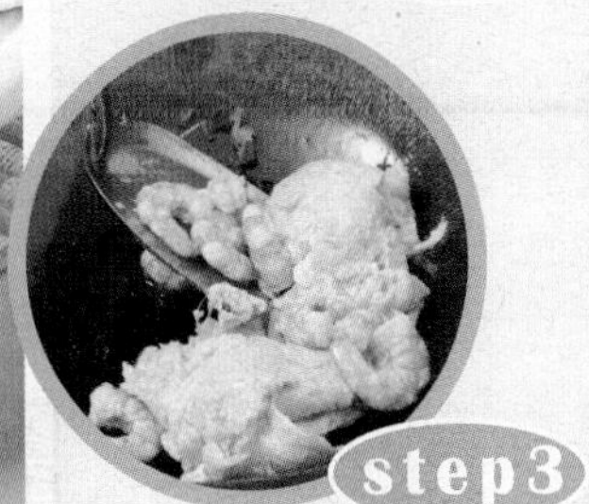

做　法

step1 虾仁洗净沥干。蛋分出蛋清，加味精、盐、干淀粉、小苏打放碗中搅成糊，加虾仁搅匀，放冰箱腌2小时取出。

step2 鸡蛋黄加盐、味精、芝麻油、胡椒粉、油拌成蛋浆。锅烧热下油，放虾仁过油约半分钟捞起。

step3 下油，倒入虾仁鸡蛋料、葱花，边炒边加油，炒至刚凝结便上碟。

韭黄鸡丝

原料

净鸡肉200克，韭黄300克，鸡蛋清5克，姜丝，蒜泥，香菇15克。

调料

精盐、味精、芝麻油各适量，绍酒10毫升，湿淀粉15克，胡椒粉少许，植物油500毫升（耗60毫升）。

温馨小提示

炒韭黄火候是关键。过火会发韧；火候不足则呛鼻，适中便爽脆。

做法

step1 韭黄切段；香菇切丝，待用；鸡肉切成中丝，盛入碗中，先后下入鸡蛋清、湿淀粉5克拌匀鸡丝。

step2 用精盐、味精、芝麻油、胡椒粉、湿淀粉调成芡汁。锅下油烧沸，投入鸡丝炸约1~2分钟至刚熟，捞起沥油。

step3 锅内余油倒出，再下油20克，放姜丝、蒜泥爆炒，加菇丝、韭黄、鸡丝，烹绍酒。用芡汁勾芡，淋油炒匀上碟。

炒鸡丝蜇头

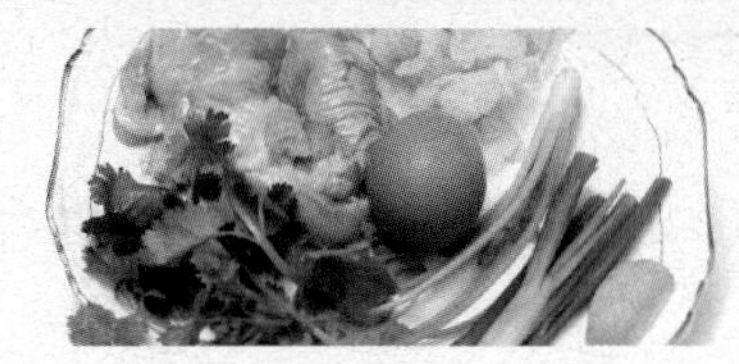

原料 净鸡脯肉150克，海蜇头250克，鸡蛋清1个，香菜段10克，葱丝10克，姜丝5克。

调料 精盐3克，醋5毫升，绍酒10毫升，鸡汤1.5毫升，胡椒面1.5克，熟鸡油5克，味精2克，花生油500毫升，湿淀粉10毫升。

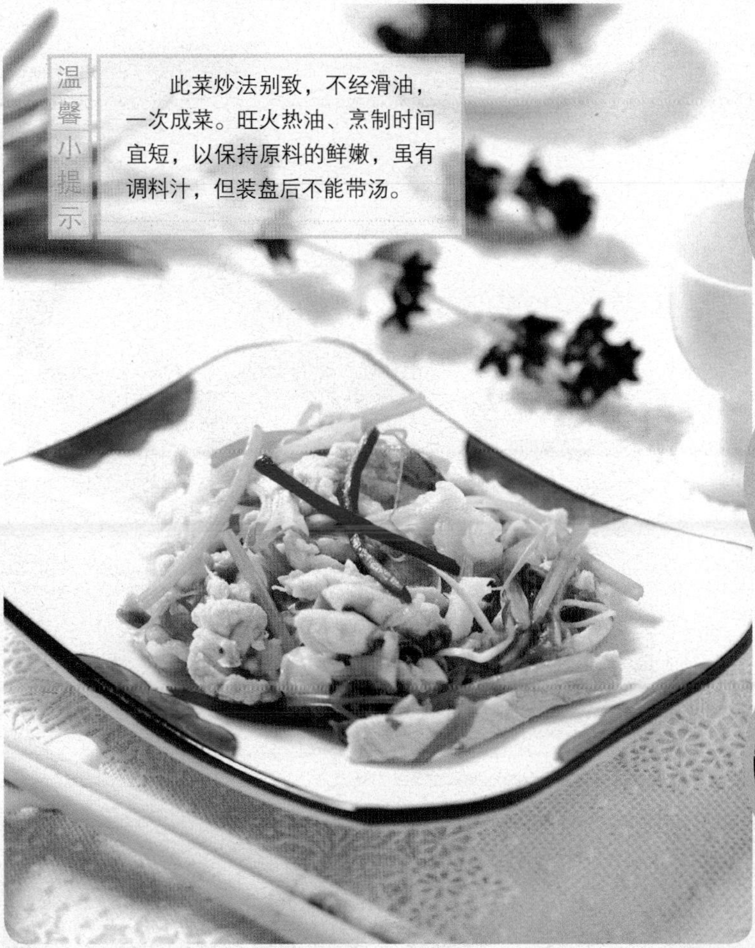

温馨小提示

此菜炒法别致，不经滑油，一次成菜。旺火热油、烹制时间宜短，以保持原料的鲜嫩，虽有调料汁，但装盘后不能带汤。

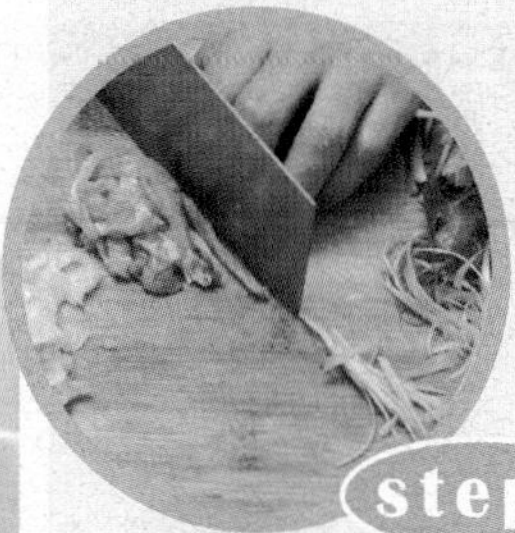

step1

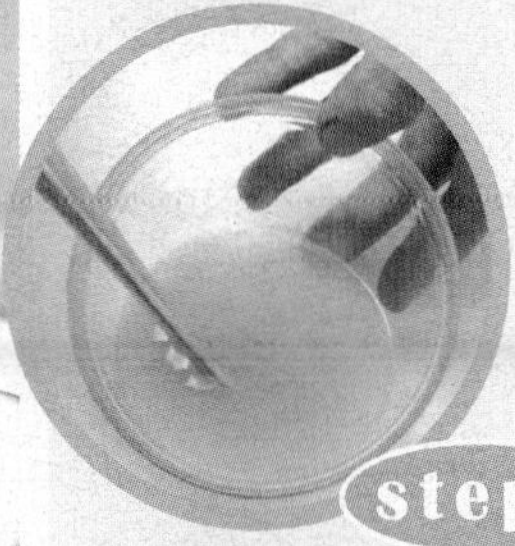

step2

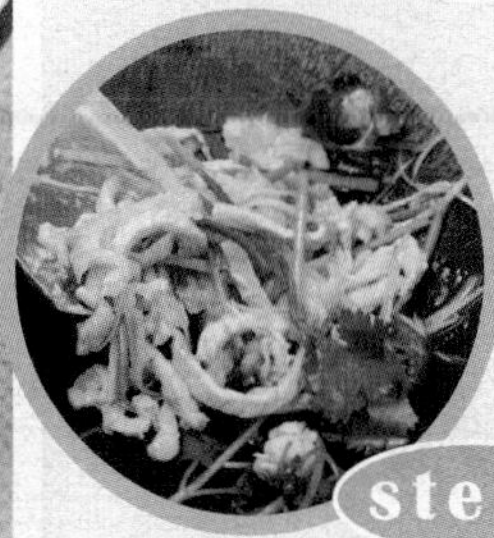

step3

做法

step1 鸡脯肉去净筋膜、切丝，放入碗中，加鸡蛋清、精盐和湿淀粉拌匀上浆；海蜇头切细丝，洗净下热水焯烫。

step2 碗内放鸡汤、精盐、味精、醋、绍酒、胡椒面、湿淀粉兑成汁。

step3 锅内放油烧热，放葱丝、姜丝炸出香味，加鸡丝炒熟，下蜇头丝、香菜段及碗内芡汁颠翻，淋上鸡油即成。

油爆鲜贝

原料

鲜贝400克，清汤75毫升，鸡蛋清1个，葱白10克，冬笋25克，荷兰豆15克，鲜冬菇25克。

调料

鸡油10毫升，湿淀粉50克，花生油500毫升，绍酒5毫升，盐、味精适量。

温馨小提示

油爆的原料分为拌味上浆和不拌味不上浆两种；两种都要用汁勾芡。“油爆鲜贝”属后者。油爆的菜都是白汁的，要求火要旺，油要热，动作要迅速，汁要完全泡在菜上，吃完菜盘内只能有残油薄片。

做法

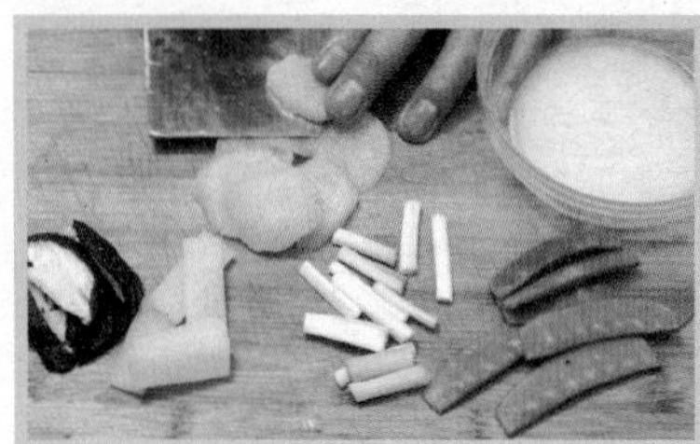

step1 鲜贝切薄片，冬笋、鲜冬菇切片；葱白剖开切段；荷兰豆切去头尾。碗内加清汤、精盐、味精、湿淀粉调匀成汁。

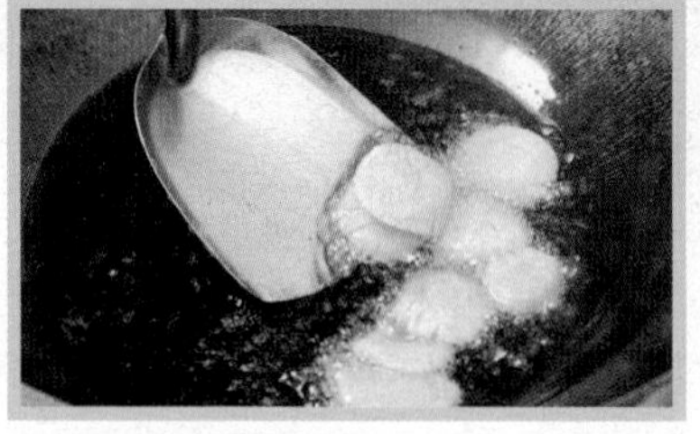

step2 鲜贝放入碗内，加鸡蛋清、湿淀粉（35克），精盐抓匀；炒锅内加花生油，在旺火上烧至七成热时，将鲜贝下入锅中过油捞出。

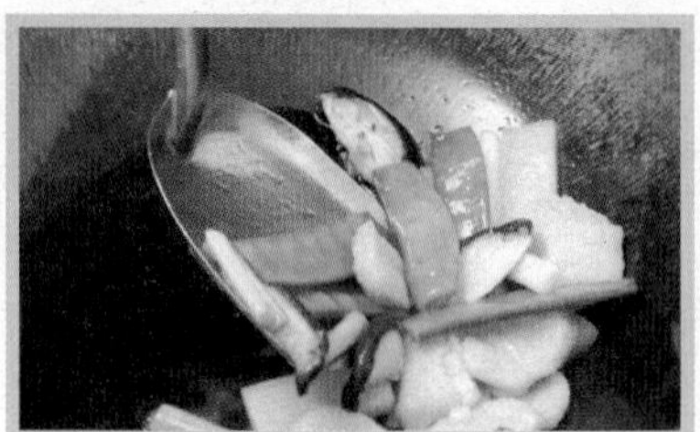

step3 锅内留油，烧热后放入葱段、笋片、冬菇片和荷兰豆稍炒，烹入绍酒，加鲜贝，再迅速倒入调好的汁，淋上鸡油，急速颠翻，装盘即成。

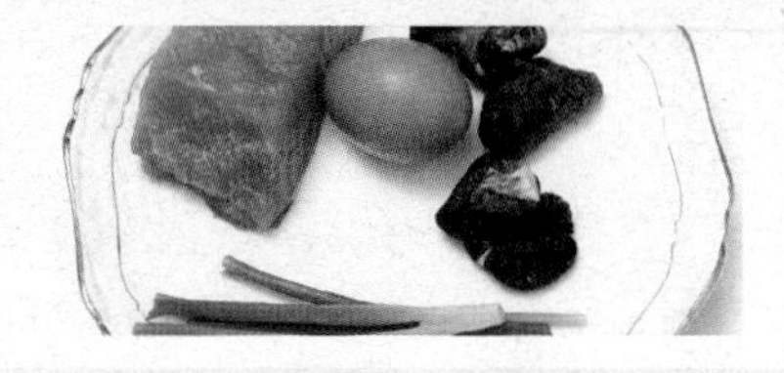

原 料 猪里脊肉200克，水发香菇100克，葱段4克，鸡蛋清25克。

调 料 熟猪油、精盐、味精适量，绍酒15毫升，芝麻油10毫升，湿淀粉25克。

香菇里脊

温馨小提示

发好的香菇要放在冰箱里冷藏才不会损失营养；泡发香菇的水不要丢弃，很多营养物质溶在水中。

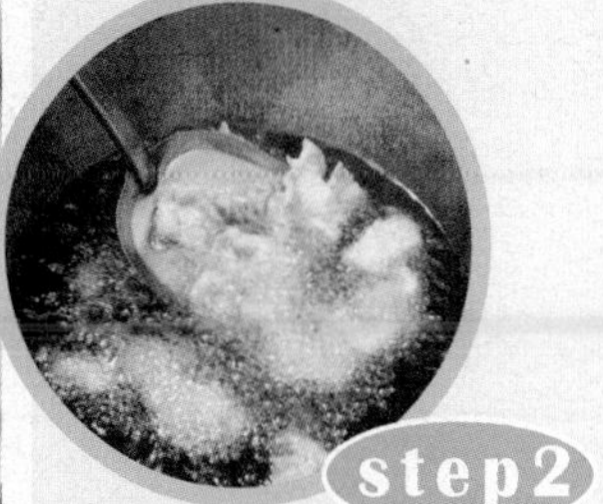

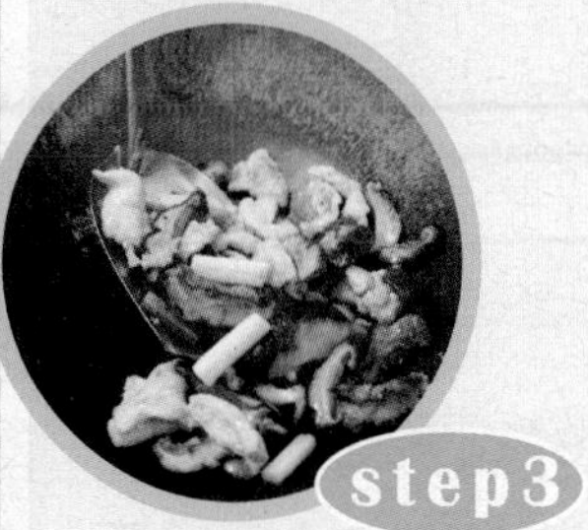

做 法

step1 将香菇洗净，大片切小。猪里脊用顶刀切成薄片，用精盐、鸡蛋清抓渍后用淀粉上浆。

step2 将炒锅置火上，下入熟猪油，烧至三成热(约66℃)时，放入里脊肉片划散沥油待用。

step3 锅留底油，放葱段稍煸，放香菇、白汤、精盐和里脊片，加入绍酒、葱段稍炒勾芡，淋明油装盘。

肉末炒豌豆

原料

鲜嫩豌豆150克，瘦肉50克，榨菜20克。

调料

花生油、酱油、精盐适量。

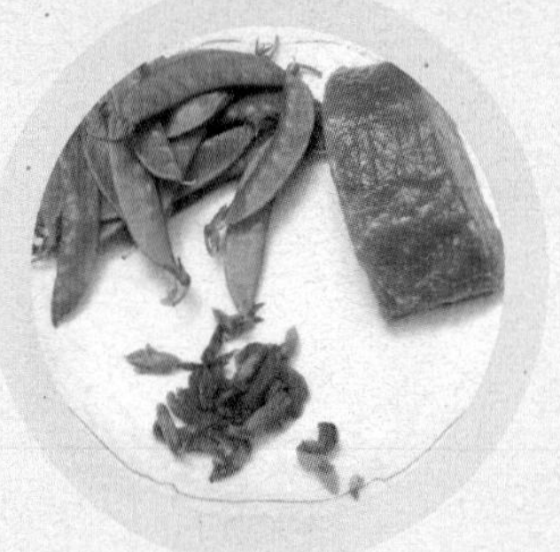

温馨小提示

豌豆适合与富含氨基酸的食物一起烹调，可以明显提高豌豆的营养价值。

做法

step1 将猪肉洗干净剁成肉末，榨菜也切成碎末，把豌豆切好。

step2 将炒锅置火上，放入花生油烧热后，下入肉末炒匀，加入酱油再煸几下。

step3 再将榨菜末、豌豆倒入锅中，用大火快炒，炒熟调味即成。

原 料 嫩牛肉300克，姜末2克，嫩姜150克。

调 料 绍酒40毫升，酱油20毫升，白糖10克，小苏打5克，水淀粉20克，花生油、胡椒粉、味精少许。

姜丝牛肉

温馨小提示

姜，无论营养价值或保健价值均很高。具有发汗解表，温中散寒，降逆止呕祛痰、杀菌解毒之功效。

step1

step2

step3

做 法

step1 姜切丝；牛肉切薄片，加小苏打、酱油、胡椒粉、淀粉、绍酒、姜末、花生油和清水100克，腌1小时。

step2 炒锅置上火，油烧至六成热，放牛肉片，拌炒，待牛肉色白，倒出沥油。

step3 锅内留油，放葱姜片、白糖、酱油、味精、清水，烧沸后用水淀粉勾芡，放入牛肉片、姜丝拌匀，起锅装盘。

洋葱炒蛋

温馨小提示

炒蛋时，注意油要热。

原料

鸡蛋3个，洋葱1个，三文治火腿80克。

调料

盐半茶匙，酱油、香油各适量，胡椒粉少许。

做法

step1 把鸡蛋磕在一大碗里，加入盐和少许胡椒粉打匀；把洋葱去皮、洗净，切成片；三文治火腿也切成片。

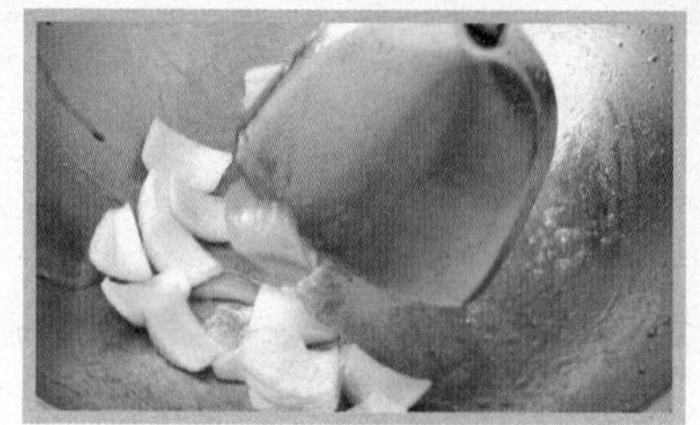

step2 炒锅里放少量油，烧热后，下洋葱片、火腿片炒片刻，铲出。

step3 热油鸡蛋倒入炒熟，下洋葱片、火腿片翻炒均匀，上盘，倒入适量酱油、香油即可。

原 料 苦瓜250克，鸡蛋2个，葱末各适量。

调 料 油50毫升，盐10克 。

鸡蛋炒苦瓜

温馨小提示

夏季多食苦瓜能清火消暑、清心明目、滋阴降火、养血滋肝、润脾补肾。

step1

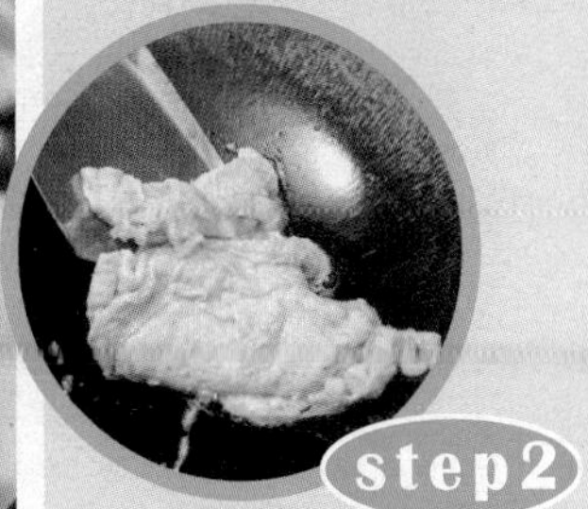

step2

step3

做 法

step1 鸡蛋打入碗内加入盐搅匀待用。苦瓜择洗净切成3厘米长的段。

step2 锅置于火上，加入油，热后倒入鸡蛋炒熟起锅备用。

step3 再热余油，放葱末炝锅，然后投入苦瓜炒至熟，加盐，最后加入炒好的鸡蛋同炒几下即成。

香肠油菜

原料

油菜150克，广式香肠25克，葱少许。

调料

植物油15毫升，味精、盐适量，料酒6毫升，汤50毫升。

温馨小提示

旺火爆炒，这样既可保持鲜脆，又可保持其营养成分。

做法

step1 油菜取心择洗净后切成寸段；香肠切成斜片；葱切段。

step2 锅置火上，倒入油，油热时下入香肠炒出香味，捞起。

step3 投入菜心，加高汤、盐、味精、料酒，翻炒至八成熟，然后加入香肠，炒匀出锅即成。

芙蓉鸡片

原　料	鸡脯肉450克，鸡蛋清30克，猪肥膘50克，熟火腿末15克，豌豆苗35克，葱姜汁15克，水发冬菇6克。
调　料	绍酒20毫升，精盐、味精适量，花生油500毫升（实耗油45毫升）。

温馨小提示

鸡肉能健脾胃、益五脏、温中益气、补精充髓、强筋骨而补虚损。

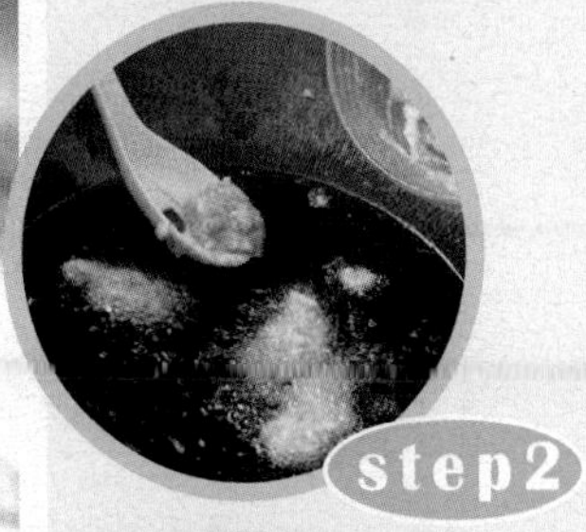

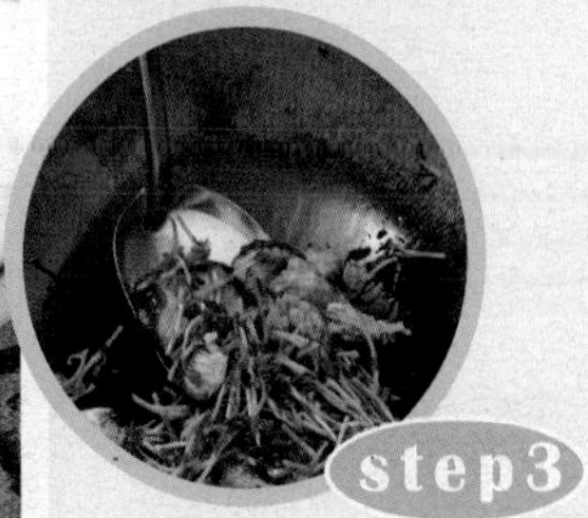

做　法

step1 将鸡脯、肥膘分别斩成细蓉，放入盛器内，加葱姜汁、绍酒、鸡清汤、精盐，搅匀上劲；冬菇切片。

step2 蛋清打成发蛋，加鸡蓉，加味精搅拌。油烧热，鸡蓉舀剜成柳叶片下锅，鸡片成白玉色时，倒入漏勺沥油。

step3 锅留底油，放豆苗、冬菇炒，加绍酒、鸡清汤、精盐、味精烧沸勾芡，放鸡蓉片，撒上火腿末即成。

山竹炒虾仁

原料

山竹600克，虾300克，葱2根。

调料

盐、蛋清、太白粉、莱姆酒各适量。

温馨小提示

本品滋补肝肾，增强体力，改善腰膝酸软、遗精等症状。虾与枸杞搭配同食，有补肾助阳之效，而且对阳痿、遗精、滑泄、尿频等症有一定疗效。

做法

step1 山竹洗净去外壳取出果肉；葱洗净，切2厘米小段备用。

step2 虾去泥肠，洗净后以干布吸干水分，拌腌于由盐、蛋清、太白粉拌成的调味料中，入冰箱冷藏1小时。

step3 油锅烧热，入虾仁待变色时捞出沥油。锅留油爆香葱，放山竹炒，加虾仁及莱姆酒、盐、太白粉拌炒即可。

原　料　文蛤500克，鸡蛋3个，木耳5克，黄瓜35克，姜少许。

调　料　色拉油、盐、料酒、香油各适量。

炒木须蛤肉

温馨小提示

本品健脑补血，美容养颜，用于气血不足所致的皮肤粗糙、雀斑等。木耳配蒜：蒜对于脾胃虚弱、泻肚、毒疮、水肿等病症有辅助疗效。木耳有益气养胃润肺、凉血止血、降脂减肥等作用。两者搭配食用，其营养更加丰富。

step1

step2

step3

做　法

step1 文蛤洗净汆至外壳张开，取出过凉，去壳取肉洗净；木耳泡软洗净撕块；黄瓜洗净切片；姜去皮剁成细末。

step2 把鸡蛋磕入碗里打散，加文蛤肉、木耳块和黄瓜片，再加入盐和料酒搅拌均匀。

step3 锅中放油烧热，倒入调好的鸡蛋蛤肉，边炒边淋入少许色拉油，待鸡蛋炒至凝固时，淋上香油即可。

鲜笋炒生鱼片

原料

生鱼肉200克，鲜笋150克，圆椒1个，生姜、蒜蓉、大葱少许。

调料

植物油、芡汁、芝麻油、胡椒粉、精盐、湿淀粉、绍酒各适量。

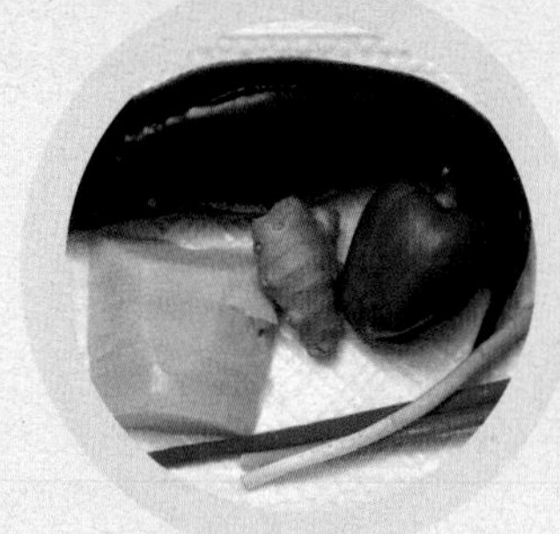

温馨小提示

本品补脑，清热化痰，补中益气，治脾胃虚寒。竹笋味甘，微寒，有清热消痰、健脾胃的功效。

做法

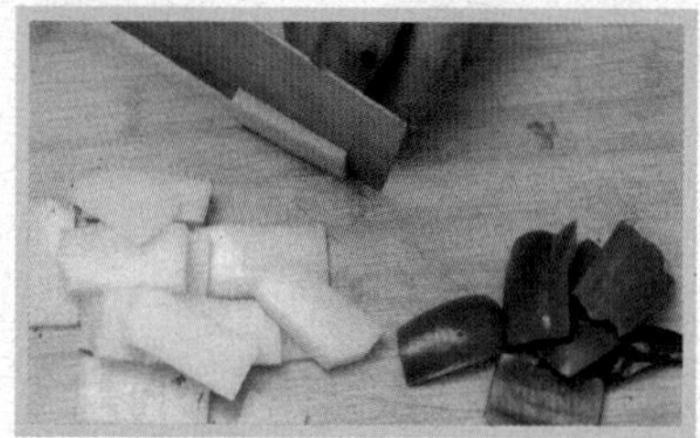

step1 先将鲜笋切成片，放入锅里加水适量煮沸，捞出，过凉水洗去苦涩味，沥干水；圆椒切片。

step2 把生鱼肉放入清水中洗净，切成片，沥干水，加入生粉、盐，捞匀。将生姜去外皮，洗净，切成细丝。

step3 油锅下鲜笋爆香，加黄酒、精盐炒熟。另起油锅，下生姜、鱼片炒熟，烩入竹笋，加味精，用湿淀粉勾芡即成。

原 料 泥蜢500克，青、红椒50克，鸡蛋1个，蒜蓉、姜末、生粉各少许。

调 料 淮盐、辣椒酱、辣椒油各适量。

椒盐泥蜢

温馨小提示

泥蜢肉鲜而滑，含有大脑所必需的营养物质。辣椒含有丰富的维生素C以及胡萝卜素、辣椒素、钙、磷、铁等物质，有健脑、美容、益寿的作用。

step1

step2

step3

做 法

step1 将泥蜢杀好、洗净；青、红椒切小块。

step2 鸡蛋加生粉调成浆，将泥蜢拖上浆，投入油锅内炸至金黄色捞出。

step3 另起锅，放入蒜蓉、姜末、青红椒块爆香，投入辣椒酱、淮盐及炸好的泥蜢，翻炒，加辣椒油，即可。

韭黄炒鸡蛋

原料

韭黄200克，鸡蛋3个。

调料

生油、盐各适量。

温馨小提示

韭黄的营养价值极高，富含糖类及各种维生素、胡萝卜素、食用纤维等营养元素，鸡蛋具有养心安神、补血、滋阴润燥的作用。

做法

step1 将韭黄挑拣洗净，切成约5厘米长的段，鸡蛋打碎，加盐调匀。

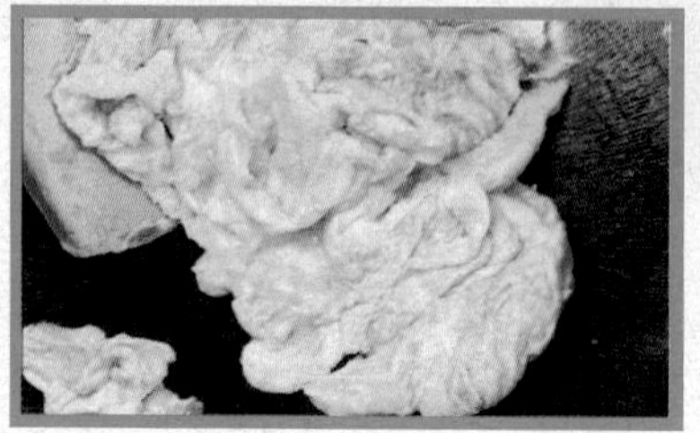

step2 油锅烧热，加鸡蛋炒至金黄色，起锅滤油。把剩下的油加热，放韭黄翻炒半分钟，加盐和水炒1分钟。

step3 把炒好的鸡蛋倒入锅中，拌匀，起锅即成。

原 料 猪里脊肉250克，姜120克，鸡蛋清1/2个，大葱15克.

调 料 淀粉15克，料酒、酱油、味精、盐、植物油、白糖、香油各适量。

姜丝炒肉

温馨小提示

本品肉丁香辣，姜丝脆而不辣，咸鲜味美宜于酒菜。

step1

step2

step3

做 法

step1 将生姜和大葱去皮洗净，切成丝备用；猪里脊肉切成细丝。

step2 将猪里脊肉放入碗里，加上鸡蛋清、盐和淀粉拌匀，煸炒至熟取出。

step3 锅中放油烧热，下姜、葱丝煸炒至发白，加肉丝炒匀，放料酒、酱油、白糖、盐、味精翻炒，淋香油即可。

糖醋黄豆芽

原 料

黄豆芽300克，生姜、葱少许。

调 料

食用油、盐、醋、白糖各适量。

温馨小提示

此菜清淡可口，能清热解毒、通利三焦、解酒毒。适用于泌尿系统感染、便秘等症的辅助治疗，并可解酒。

做 法

step1 将黄豆芽择洗干净，去净豆皮；生姜去皮，洗净，切成细末；葱切段。

step2 净锅置于火上，放入食油，烧热，下姜末、葱段炝锅，随即加入黄豆芽煸炒。

step3 炒至黄豆芽有少许焦斑时，加入精盐、白糖、醋炒透装盘即成。

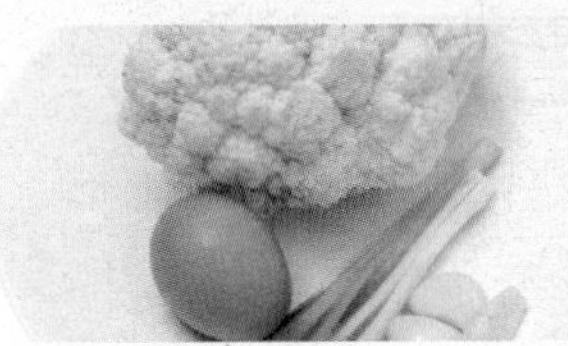

菜花炒蛋

原 料 嫩菜花250克，鸡蛋2个，葱花少许。

调 料 精制植物油、黄酒、鲜汤、白糖、精盐、味精、酱油各适量。

温馨小提示

本品双补气血，防癌抗癌。适用于贫血、神经衰弱、疲劳综合征及多种癌症的防治。

step1

step2

step3

做 法

step1 将嫩菜花洗净，摘成小朵；鸡蛋磕入碗中，加精盐、黄酒、味精、少许酱油搅匀。

step2 炒锅置火上，放油烧热，下鸡蛋液炒至凝固，捞出待用。

step3 菜花入沸水锅中焯熟，捞起控干，另起锅加入蛋、白糖、鲜汤，烧沸片刻即成。

海米炒洋葱

原料

海米30克，洋葱150克。

调料

盐、姜丝、酱油、色拉油、料酒、香油、味精各适量。

温馨小提示

洋葱是一种良好的清热解毒食物，能够有效地降低脂肪，减少胆固醇的上升。其所含的微量元素硒是一种很强的抗氧化剂，能清除体内的自由基，增强细胞的活力和代谢能力。

做法

step1 洋葱去皮、洗净、切丝；水发海米洗净，待用。

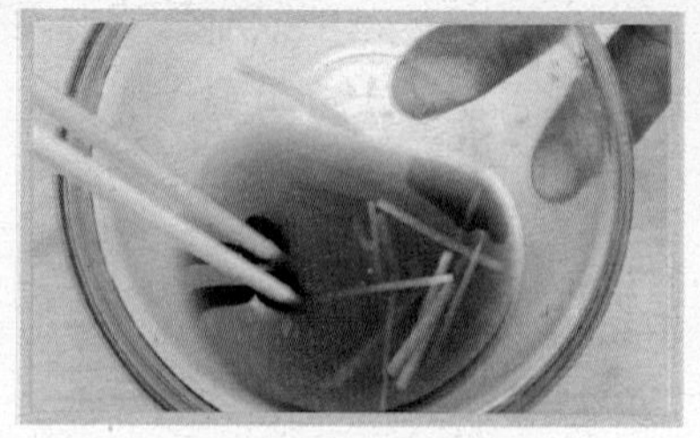

step2 将料酒、味精、酱油、食盐、姜丝放另一碗中调成汁。

step3 炒锅置火上，倒入色拉油烧热，加入洋葱、海米，烹入调味汁炒熟，淋入香油即可。

原　料　鲜甜豆400克，咸蛋黄75克，红椒1个，葱段、姜片各少许。

调　料　盐、香油、料酒、味精各适量。

蛋黄鲜甜豆

温馨小提示

甜豆的营养价值很高，富含维生素A、维生素C、维生素B_1、钙等，并且含有丰富的比大豆还易消化的蛋白质，热量比其他的豆类相对较低，是一种美容瘦身的食材。

step1

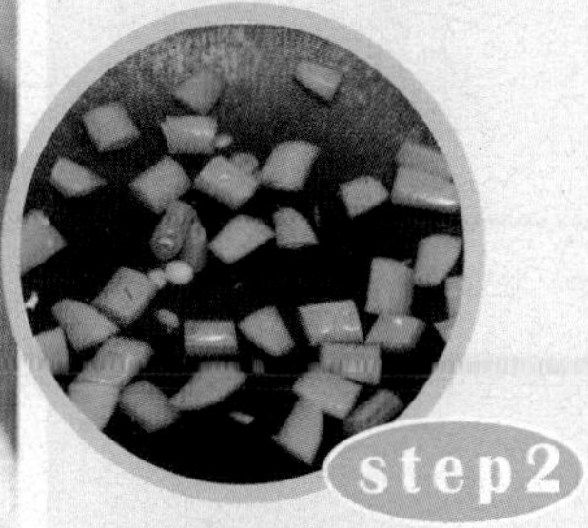

step2

step3

做　法

step1 甜豆去筋洗净，切成小段；蛋黄放在碗里，加葱段、姜片和清水上屉蒸5分钟，取出蛋黄切丁；红椒切小块。

step2 锅置旺火上，放入清水和盐烧沸，倒入甜豆煮3分钟，捞出控净水分。

step3 炒锅复置火上，放香油烧至六成熟，加蛋黄丁和甜豆、红椒煸炒片刻，加入盐、料酒和味精，炒匀后装盘即可。

爆炒蛏子

原料

蛏子500克，青椒、红椒各1个，姜末少许。

调料

花生油适量，水淀粉15克，清汤75毫升，盐、料酒、米醋、味精、花椒油各少许。

温馨小提示

本品具有健脾祛湿，利尿消肿，凉血止血的功效。

做法

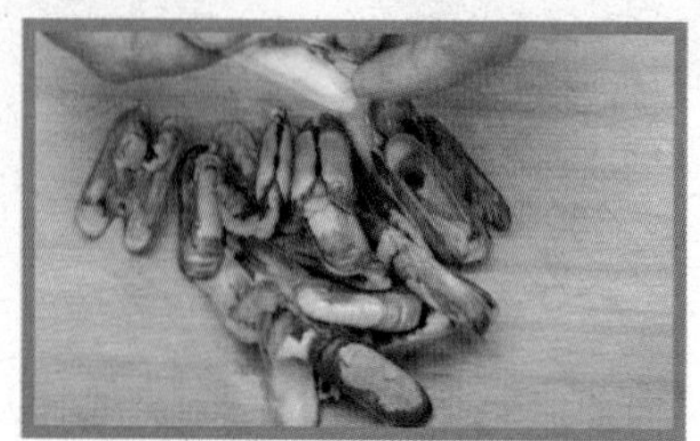

step1 把蛏子洗净，用刀顺脊背割一刀，去掉杂质。

step2 青椒、红椒去蒂和籽，洗净切块；把姜末、盐、料酒、米醋、清汤、味精和水淀粉放碗里兑成芡汁。

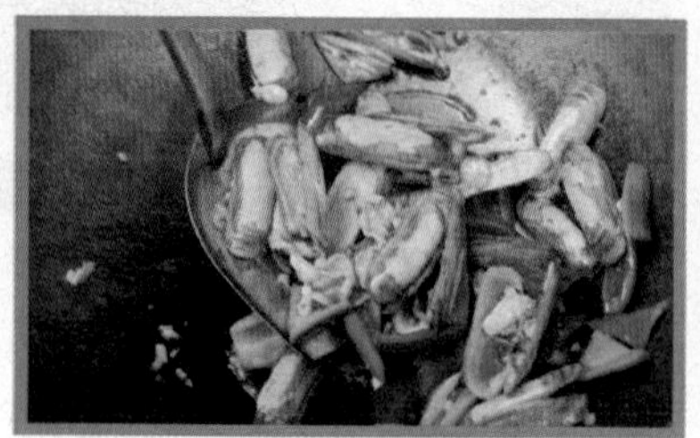

step3 锅放油烧热，加蛏子、青椒和红椒块煸炒片刻，烹入兑好的芡汁，快速翻炒均匀，淋上花椒油装盘即可。

辣椒炒螺蛳

原料 尖头红辣椒2个，螺蛳500克，葱末、蒜泥、姜末少许。

调料 料酒、酱油、砂糖、精盐、味精、胡椒粉各适量。

温馨小提示

本品温经散寒，升胃消食。适用于风湿性关节炎、肥大性关节炎、慢性关节炎患者食用。

做法

step1 将螺蛳放清水中漂养一昼夜，其间换水1次。剪去螺蛳尾壳，洗净。

step2 将尖头红辣椒洗净，切碎，和入蒜泥、姜末，入锅煎炒，倒入螺蛳翻炒，加料酒、酱油、砂糖、精盐。

step3 翻炒10分钟后，调入葱末、味精、胡椒粉即成。

麻辣豆腐肉末

原料

猪瘦肉50克，豆腐250克，花椒、葱末、姜末、蒜泥少许。

调料

辣椒粉、料酒、精盐、胡椒粉各适量。

温馨小提示

本品具有开胃消食，祛淤减肥，温经散寒，通络止痛的功效。适用于风湿性关节炎、类风湿性关节炎、强直性脊柱炎、肥胖症、高血脂症。

做法

step1 将花椒洗净，晒干后研成细末；豆腐洗净，切块。

step2 猪瘦肉洗净，剁成肉泥，拌入蒜泥、姜末、葱末、料酒、精盐。

step3 起油锅，加辣椒粉、花椒末略炸，加肉泥翻炒至肉熟，下豆腐块、清水、精盐翻炒，撒入胡椒粉即成。

原料 白花蛇1条，花椒、辣椒籽、生姜各适量。

调料 料酒、酱油、精盐、麻油各适量。

麻辣花蛇

温馨小提示

本品具有补气活血，温阳散寒，祛风通络的功效。适用于风湿性关节炎、类风湿性关节炎、强直性关节炎、动脉硬化症、末梢神经炎。

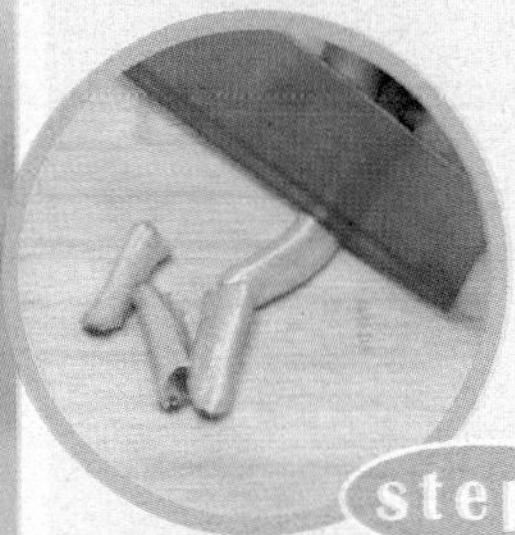

step1

step2

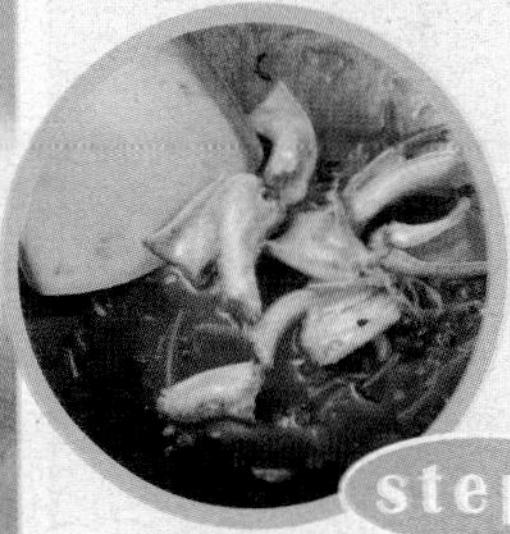

step3

做法

step1 将白花蛇宰杀，剥皮，切头，去内脏，切块。

step2 将花椒、辣椒籽洗净，晒干，研粉；生姜洗净，切丝。

step3 将所有用料入油锅炸2分钟，捞出去油，锅内留底油，加调料和全部原料及清水，煮烂后淋入麻油即成。

尖椒土豆丝

原料

土豆400克，青椒、红尖椒各1个，蒜末少许。

调料

花生油、盐、味精、米醋、花椒油各适量。

温馨小提示

土豆含叶酸、锌、镁、铁等营养素，有抗氧化的作用，有利于肠胃和心血管的健康。

做法

step1 将土豆切成细丝，放入清水漂洗，再入沸水焯一下，捞出放凉；青椒、红尖椒去蒂和籽，切成细丝。

step2 净锅置旺火上，放花生油烧热，放入蒜末和青、红椒丝煸炒出香辣味。

step3 加入土豆丝、盐和味精，快速翻炒均匀，淋上米醋和花椒油，即可出锅装盘上桌。

原 料 大带鱼1条，姜片、葱丝、姜丝、葱结各少许。

调 料 花生油、精盐、味精、绍酒、胡椒粉、白糖、酱油各适量。

葱油带鱼

温馨小提示 带鱼肉肥刺少，味道鲜美，营养丰富。每100克带鱼含蛋白质18.4克，脂肪4.6克，还含有磷、铁、钙、锌、镁以及维生素A、维生素B_1、维生素B_2等多种营养成分。带鱼含不饱和脂肪酸较多，具有降低胆固醇的作用，是老人、儿童、孕产妇的理想滋补食品。

step1

step2

step3

做 法

step1 带鱼杀好，洗净；葱切段，姜切片。

step2 锅放油烧热，下鱼炸至金黄，加葱结、姜片、绍酒煮沸后，加盖用微火保持微沸。鱼嫩熟时捞起装盘。

step3 把姜丝、精盐、绍酒、酱油、白糖、胡椒粉、味精及煮鱼原汤调匀，浇在鱼身，撒葱丝，油烧热浇上即成。

炒猪血块

原料

猪血1块（约重300克），干辣椒100克，肉末50克，葱姜末少许。

调料

色拉油适量，汤75毫升，酱油、料酒、花椒水、水淀粉、盐各少许。

温馨小提示

猪血含有丰富的铁、钾、钙、磷、锌、铜等十余种微量元素。常吃猪血能延缓机体衰老，提高免疫功能。

做法

step1 猪血切块，焯烫捞出过凉，沥净水分，干辣椒切碎。

step2 锅置火上，放色拉油50毫升烧至六成热，放入干辣椒和肉末煸炒片刻，取出备用。

step3 锅放油烧热，放葱姜末炝锅，下猪血块、肉末和调料烧沸，用水淀粉勾芡，加干辣椒颠均芡汁即可。

原　料　青椒250克，红尖椒1个、葱末、姜丝少许。

调　料　植物油、精盐、绵白糖、味精、香醋各适量。

爆炒青椒

温馨小提示

促进食欲，补充维生素C。适用于维生素C缺乏症、单纯性消瘦症、疰夏、厌食症。

step1

step2

step3

做　法

step1 将青椒去蒂和籽，洗净后切成2厘米的方片。

step2 炒锅中放入油烧热，将青椒和红尖椒煸熟，兑入葱末、姜丝、精盐、绵白糖、味精、香醋等调拌好的卤汁。

step3 翻炒数下，淋上麻油即成。

红椒炒香干

原料

鲜红尖椒250克，青椒100克，香干4块（约重150克），大葱10克。

调料

花生油、酱油、盐、米醋、白糖、胡椒粉、辣椒油各适量。

温馨小提示

尖椒补脾开胃，健脑长智，是理想的营养食品。常食对健美、延年益寿有一定作用。

做法

step1 将鲜红尖椒去蒂留籽，用刀背拍松；大葱切成小粒；把香干切成小条，放锅内焯一下，捞出沥干水分备用。

step2 锅置火上，放花生油烧至七成热，加入鲜红尖椒、青椒和葱粒，用小火煸炒出香辣味。

step3 放入香干条炒匀，加入酱油、盐、米醋、白糖调好口味，撒上花椒粉，淋上辣椒油，出锅装盘即可。

原 料 净海蛎子肉250克，葱姜油，鸡蛋250克，面粉5克。

调 料 香油、米醋、料酒、盐、毛姜水、鸡汤各适量。

温馨小提示

此品健肤美容，防治疾病。

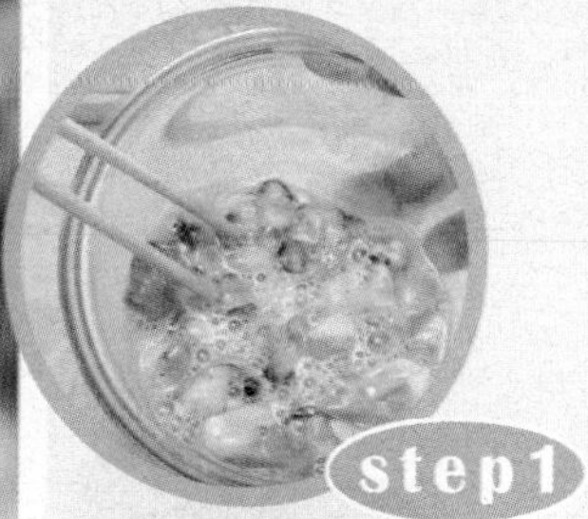

step1

step2

step3

锅煽海蛎子

做 法

step1 将鸡蛋搅散加入姜水、盐调匀，用面粉把海蛎子肉裹匀后，再放入鸡蛋液中拌匀。

step2 葱姜油烧热，放入裹鸡蛋液的海蛎子肉，待将一面煎黄再煎另一面后，烹料酒，加鸡汤，用小火略煨。

step3 待汤汁收净再淋入米醋、香油即成。

紫苏炒螺

原料

螺500克，紫苏80克，青、红椒50克，姜末、葱花、蒜末各少许。

调料

食油、辣椒酱、生抽、盐、味精、湿淀粉、胡椒粉各适量。

温馨小提示

紫苏有散寒解表、行气宽中的功效；田螺含有丰富的维生素B_1，可以防治脚气病。

做法

step1 紫苏切成短段，青、红椒切成圈，螺剪去尾部，洗净。

step2 锅内放油，放入姜末、葱花、蒜末、辣椒酱等爆出香味，投入螺和紫苏，调入味，加水焖烧。

step3 至汤汁只剩少许时，用湿淀粉勾芡，出锅装盘即可。

原　料　大蛤蜊800克，青、红椒100克，豆豉适量，姜、蒜少许。

调　料　生菜油、盐、料酒、胡椒粉、生粉各适量。

温　馨　小　提　示

蛤蜊肉能润五脏、止消渴、软坚散肿，为营养品，又为利尿药。

豉汁炒蛤蜊

step1

step2

step3

做　法

step1 青、红椒切块；姜、蒜切末；蛤蜊洗净后，放入凉水中烧到壳张开后，捞出，洗净去沙把水分挤干。

step2 锅内放油烧滚，下姜末、蒜末、豆豉爆香，投入椒块、蛤蜊，加汤汁，下料酒、胡椒粉、盐。

step3 炒约3分钟，淋入生粉勾芡，出锅即可。

黑豆猪肝

原　料

猪肝200克，黑豆75克，黄瓜25克，蒜末5克。

调　料

花生油适量，淀粉25克，水淀粉15克，盐2克，味精2克，料酒、米醋、香油、酱油各少许。

温馨小提示

此品补血养肝，益精明目。适用于身体虚弱所致面色苍白、头晕眼花、视物不清。

做　法

step1 猪肝切片，黑豆泡软；黄瓜切片；加酱油、盐、料酒、米醋、蒜末、味精和水淀粉调芡汁。

step2 净锅置火上，放清水烧沸，放入黑豆和猪肝片煸炒片刻，取出；再放入猪肝片焯一下，捞出沥净水分。

step3 锅放油，置火上烧热，放入黑豆和猪肝片煸炒，烹入兑好的芡汁炒均，淋上香油，出锅装盘上桌即可。

原 料	牛肉300克，蒜苗30克，芹菜30克，郫县豆瓣30克，干辣椒10克，花椒2克，姜末5克。
调 料	色拉油适量，水淀粉25克，盐2克，味精2克，汤100毫升，料酒、酱油少许。

特色炒牛肉

step1

step2

step3

温馨小提示

牛肉中的肌氨酸含量比任何其他食品都高，这使它对增长肌肉、增强力量特别有效。

做 法

step1 牛肉切片，加酱油、料酒和盐腌渍，放水淀粉调拌；蒜苗、芹菜切段；干辣椒、花椒炸后捞出剁细。

step2 将油入锅烧至微滚，放入牛肉片，翻炒至熟，捞起。

step3 锅内放油烧热，放牛肉、郫县豆瓣、姜末、盐、酱油、料酒、味精和汤，烧沸放蒜苗和芹菜，烧透入味。

辣椒爆藕丁

原料

嫩鲜藕300克，红青尖椒100克，葱5克。

调料

花生油50克，清汤50毫升，水淀粉10克，香油5毫升，盐3克，白糖2克，米醋2毫升，味精少许。

温馨小提示

本品具有止泻固精，补五脏之虚，强壮筋骨，补血养血之功效。

做法

step1 藕去皮洗净，切丁后放沸水锅内焯烫，捞出沥干；红青尖椒洗净，去蒂留辣椒籽并切段；葱洗净切粒。

step2 炒锅置火上，放花生油30克烧热，放入红青尖椒段，用旺火热油爆炒片刻，取出。

step3 锅放油烧热，下葱粒炝锅，加调料和清汤烧沸，用水淀粉勾芡，加红青尖椒和藕丁翻炒，淋上香油盛盘即可。

腊肠鲜百合

原 料 鲜百合150克，腊肠100克，荷兰豆50克，葱蒜末适量。

调 料 花生油50毫升，盐3克，白糖5克。

温馨小提示

本品可润肺止咳，清心安神。

做 法

step1 鲜百合去根掰成小花瓣，焯烫后过凉沥干；腊肠洗净，上屉蒸约5分钟，取出晾凉切片；荷兰豆洗净切段。

step2 炒锅置火上，放花生油30克烧至八成热，放入腊肠片煸炒片刻，出锅备用。

step3 净锅复置火上，放花生油烧热，下葱蒜末爆香，加入腊肠、百合、荷兰豆炒片刻，放盐和白糖炒匀即成。

芙蓉鳝鱼丝

原 料

鲜鳝鱼100克，鸡蛋3个，熟火腿10克，生姜少许。

调 料

盐、味精、湿淀粉、绍酒、胡椒粉各少许。

温馨小提示

鳝鱼是一种高蛋白质、低脂肪的减肥食品。常食此菜可促进脂肪的新陈代谢，防止体内脂肪堆积，从而达到减肥的目的。

做 法

step1 鳝鱼洗净切丝，鸡蛋去黄留白打散，生姜去皮切丝，熟火腿切丝。

step2 鳝鱼丝加绍酒、盐、味精、胡椒粉、湿生粉腌好，锅下油烧热，投入腌好的鳝鱼丝，泡至滑嫩倒出待用。

step3 烧锅下油，鸡蛋清加盐、味精、湿生粉打匀倒入，炒至蛋清成块状，加鳝鱼丝、火腿丝炒至滑嫩色白即可。

原　料 大螺肉500克，银芽150克，姜、葱少许。

调　料 猪油、黄酒、白醋各少许。

白灼响螺片

温馨小提示

螺味甘、性寒，具有清热、明目、利水、通淋等功效。

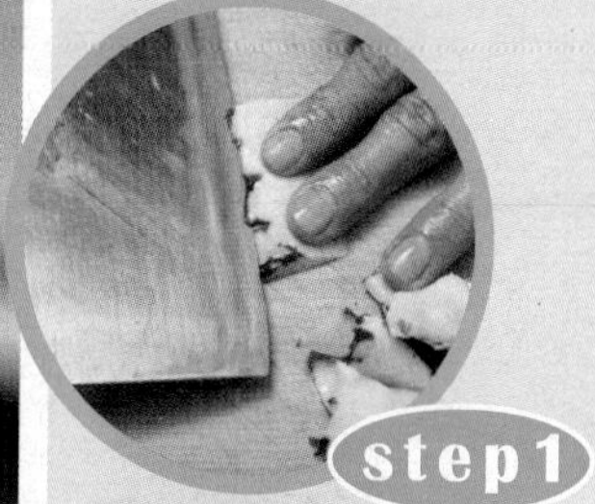

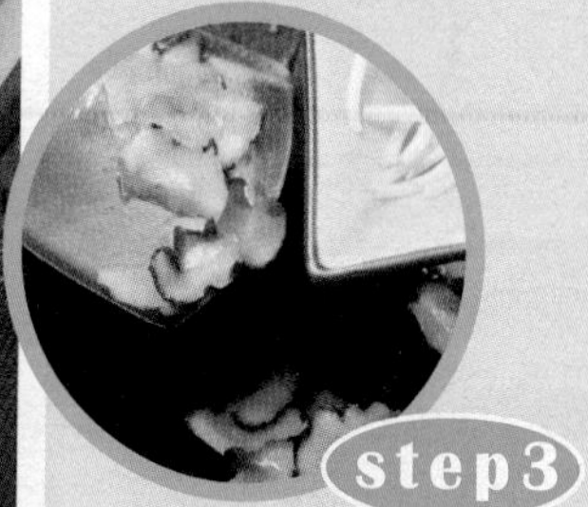

做　法

step1 将大螺肉洗净后切掉螺肉的边缘，用横切的方法把螺肉切成薄片。

step2 锅放油烧热，爆姜、葱，加清水烧透后取出，加白醋，再下螺片入锅，略烫后取出沥干（用洁毛巾吸干）。

step3 油锅下银芽炒熟装盘。另起锅，加猪油烧热后，将螺肉倒入略炒，加黄酒翻炒，将螺片装在银芽上即可。

素炒紫椰菜

原　料

鲜紫椰菜500克，蒜少许。

调　料

食油、盐适量。

温馨小提示

紫椰菜富含蛋白质、脂肪、碳水化合物、食物纤维、维生素及矿物质，可抵抗过敏症。

做　法

step1 将紫椰菜洗净，净水控干，切成块片。

step2 取一干净炒锅，先把紫椰菜放入，再放置文火上把菜翻炒至熟，出锅装碗。

step3 将锅洗净，倒入素油上火，油热后取下锅与熟紫椰菜充分拌和，再加入拍好的蒜泥即可食用。

原 料 当归15克，党参15克，鳝丝500克，葱花、姜末少许。

调 料 鲜汤30毫升，黄酒、酱油、白糖、味精、水淀粉、熟油、麻油、胡椒粉各适量。

归参鳝鱼

温馨小提示 这道菜带有特殊的当归香味，营养价值很高，对气血不足、久病体弱、疲倦乏力、面黄消瘦的人，十分适宜。

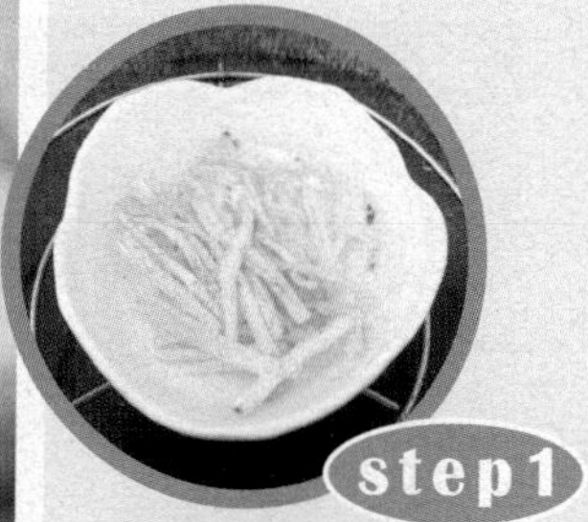

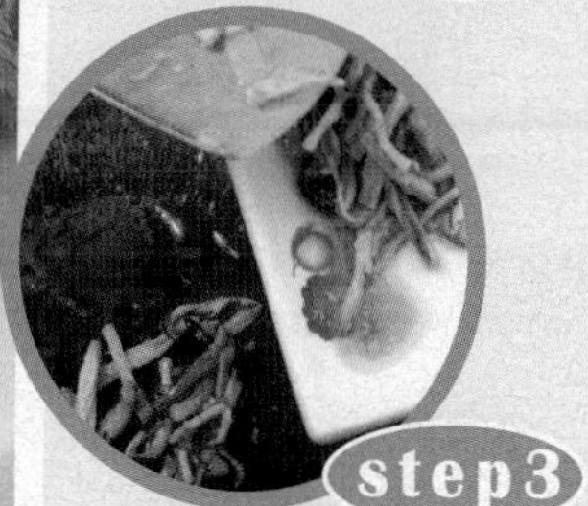

做 法

step1 把当归和党参一起放在小碗里，加100毫升水，隔水蒸20分钟左右。

step2 油烧热，投葱花和姜末，将鳝丝倒进去炒，加黄酒、酱油和白糖炒，将蒸过的当归和党参倒进去加汤，焖煮。

step3 出锅装盘前，放少许味精，用水淀粉勾芡，浇点儿熟油，再淋些麻油。装盘后，上面撒些胡椒粉。

腊味芦笋

原 料

腊肠、腊肉共100克，芦笋350克。

调 料

花生油、盐、料酒、白糖各适量。

温馨小提示

本品有助于燃烧脂肪，增进食欲，防止血管硬化，降血压。

做 法

step1 将芦笋去老根，洗净后切成小段，放入沸水锅内焯一下，捞出用冷水过凉，控净水分备用。

step2 腊肠、腊肉放在盘内，入屉用旺火蒸5分钟，取出晾凉，改刀斜切成小片待用。

step3 油烧热，放腊肠、腊肉片炒软。再加入芦笋段炒匀，放盐、料酒、白糖翻炒均匀，出锅装盘上桌即可。

蒜苗烧河蚌肉

原 料 蒜苗250克，河蚌500克，胡萝卜、蒜蓉、生姜末少许。

调 料 精制植物油、精盐、黄酒、味精、白糖各适量。

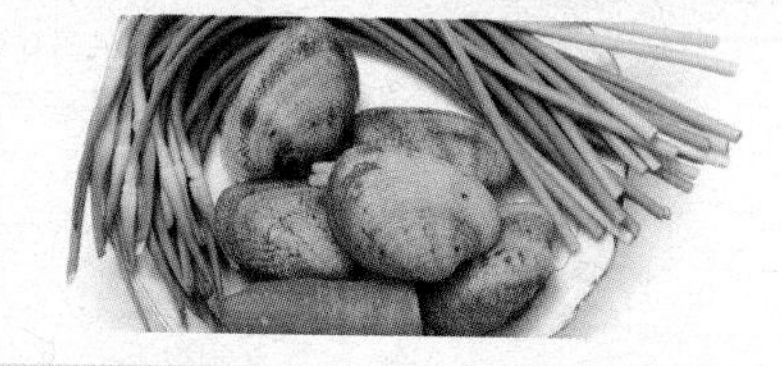

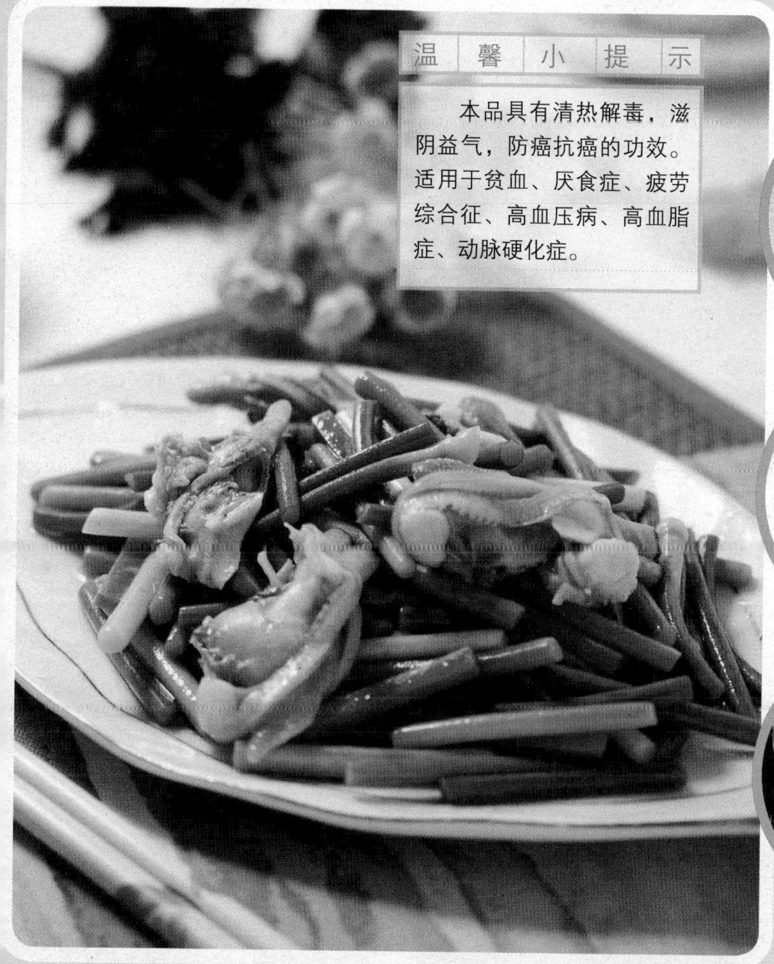

温馨小提示

本品具有清热解毒，滋阴益气，防癌抗癌的功效。适用于贫血、厌食症、疲劳综合征、高血压病、高血脂症、动脉硬化症。

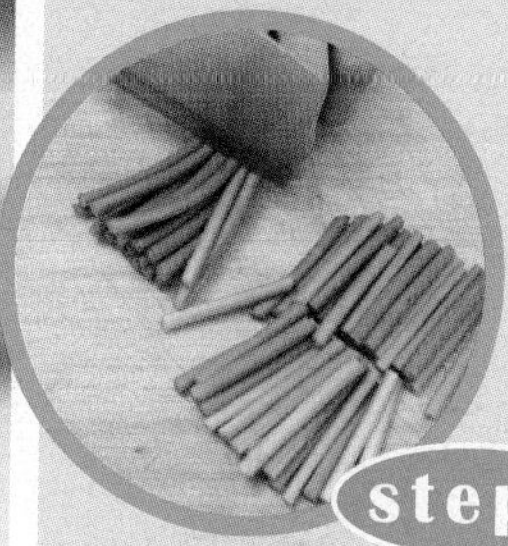

step1

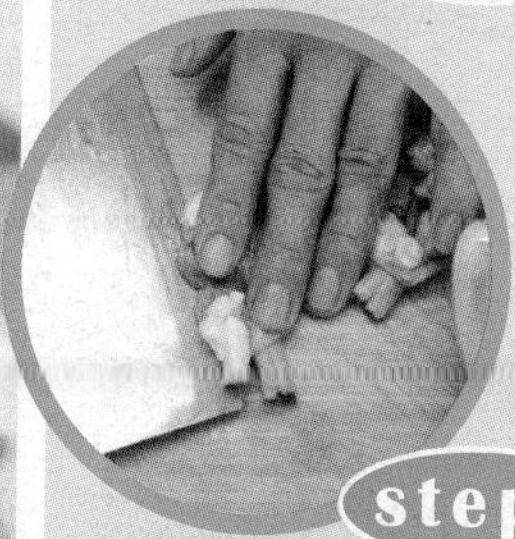

step2

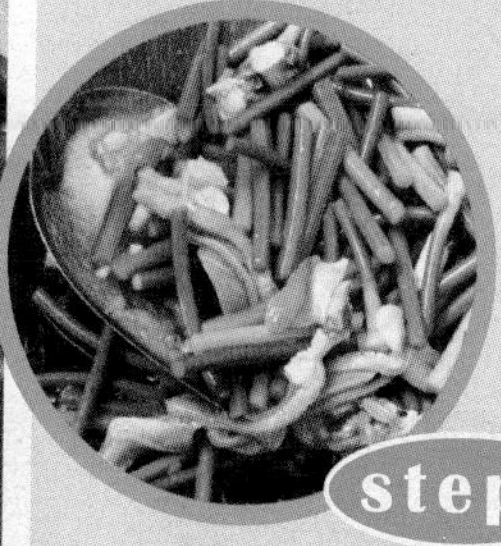

step3

做 法

step1 将蒜苗洗净，切成3厘长的段。

step2 将河蚌取肉洗净，放入沸水锅中焯一下，捞出切成片，加上黄酒、精盐备用。

step3 油烧热，放蒜蓉、生姜末，下蒜苗段煸炒至半熟，加入河蚌肉片，烧沸5分钟，再加白糖、味精调味即成。

豆瓣焖鳝鱼

原 料

鲜活黄鳝500克，青、红椒100克，郫县豆瓣20克，姜、蒜各少许。

调 料

素油、料酒、盐、酱油、醋、麻油、花椒面各适量。

温馨小提示

鳝鱼能补虚损、除风湿、通经脉、强筋骨，主治痨伤、风寒湿痹、产后淋沥、下痢脓血等。

做 法

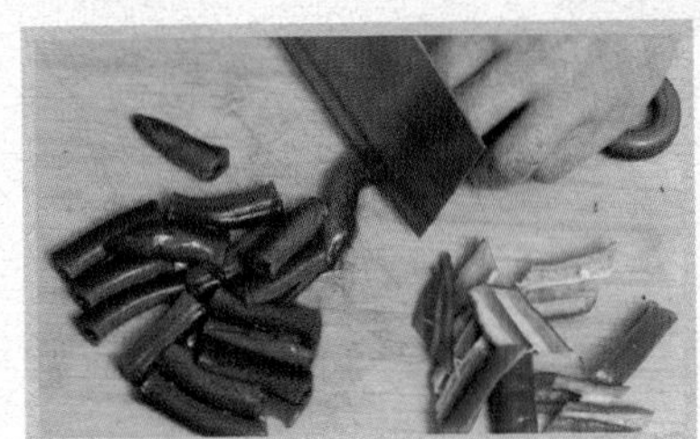

step1 选用肚黄肉厚的黄鳝，剖腹，斩去头尾，切成约4厘米长的段；郫县豆瓣剁细；青、红椒去籽后切件。

step2 油烧热，放入鳝鱼段煸至水分基本挥发后，烹入料酒，移偏火上略焙3~4分钟，然后移正火上提锅煸炒。

step3 豆瓣煸至油呈红色，下椒件、姜、蒜丝炒，加盐、酱油，淋醋和麻油，起锅装盘，撒上花椒面即成。

原　料　洋葱600克，辣椒20克。

调　料　植物油、白醋、黑醋、精盐、味精、白糖各适量。

酸辣洋葱

温馨小提示

健胃理气，降压，降血脂。常食可防治胃肠病、高血压、高血脂等症。

step1

step2

step3

做　法

step1 将洋葱剥去老皮，洗净后切成菱形小丁，辣椒洗后也切成菱形丁。

step2 油锅上火烧热后，将辣椒倒入炒香，再放入洋葱炒片刻，放入精盐、白糖、味精。

step3 烹入白醋、黑醋，翻炒均匀即可出锅。

红椒鸡片

原　料

鸡胸脯肉300克，鸡蛋清1个，面粉5克，红尖椒100克。

调　料

花生油适量，盐、淀粉、料酒、味精、香油各少许。

温馨小提示

辣椒的维生素含量高，有抗菌作用，味辛热；鸡肉的蛋白质含量高，脂肪低。两者搭配，营养全面，开胃消食。

做　法

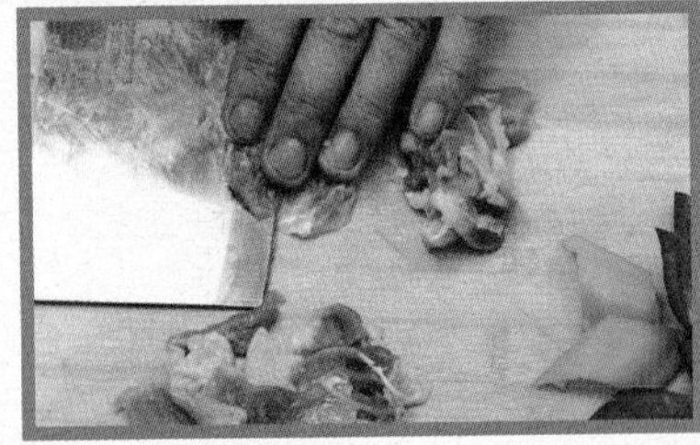

step1 将鸡胸脯肉切片，放碗里，加上少许盐和料酒拌匀，腌渍20分钟，加上鸡蛋清、淀粉和面粉挂匀上浆。

step2 尖椒去蒂洗净，用小火煸炒出香辣味取出。炒锅放油，烧至五成热，放入鸡肉片滑散至熟，捞出沥油。

step3 锅留油烧热，倒入鸡肉片、红尖椒、盐3克、料酒15克和味精，迅速翻炒均匀，淋上香油，出锅盛盘即成。

原 料 洋葱200克，猪前腿肉100克，红椒1个，姜末少许。

调 料 色拉油、盐、味精、淀粉、酱油各适量。

洋葱炒肉丝

温馨小提示

本品具有益气养血，降脂开胃，具有降低胆固醇、预防动脉硬化的作用。

做 法

step1 将洋葱去老皮，洗净，切成丝备用；将猪肉切丝，加色拉油、盐、味精、淀粉、酱油拌匀；红椒切丝。

step2 将炒锅烧干，加入油后，立刻倒入肉丝炒过油，待肉丝一变色即铲起，余油留在锅中。

step3 大火烧热余油，加姜末和盐，倒洋葱丝和红椒丝，大火炒至自己喜欢的软度，再放入肉丝均匀加入各调味料即可。

土豆烧番茄

原 料

土豆2个，番茄1个，洋葱半个。

调 料

糖、盐各适量。

温 馨 小 提 示

土豆具有和胃调中、益气健脾、强身益肾、消炎、活血消肿等功效。

做 法

step1 土豆、洋葱切成片，番茄切成小块。

step2 土豆片入油炸成七成熟捞出；洋葱加番茄入油锅爆炒一小会儿。

step3 把准备好的番茄倒入锅内，加水、糖、盐。开锅后倒入土豆，调成弱火，让土豆入味。

洋葱爆毛蛤

原料 毛蛤500克，洋葱100克，尖椒2个。

调料 色拉油750毫升，清汤100毫升，酱油15毫升，盐2克，料酒10毫升，白糖5克，辣椒酱20克，水淀粉35克，香油少许。

温馨小提示

本品具有理气去痰，增强体力的功效。

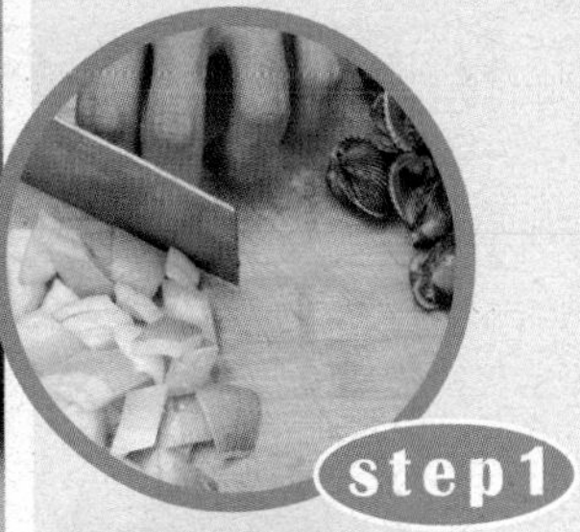

做法

step1 把毛蛤刷洗干净，放入沸水锅内烫至外壳张开，捞出；洋葱、尖椒各切成件。

step2 锅置火上，放入清汤、酱油、盐、料酒、白糖、洋葱件、椒件、辣椒酱烧沸，倒入毛蛤肉。

step3 焖约5分钟后，用水淀粉勾芡，淋上香油，出锅盛在大碗里。

肉蓉油苋

原料

苋菜500克，鸡脯肉200克，蛋清1个。

调料

清汤60毫升，盐、淀粉、花生油各适量。

温馨小提示

本品能清热解毒，明目利咽。

做法

step1 菜洗净，沥干水分切段，放入七八成熟的花生油中过一下油，迅速出锅沥油待用。

step2 把鸡脯肉剁成蓉，加入蛋清、清汤、盐、淀粉搅拌均匀。

step3 炒锅上火，倒入油，油热后下入拌好的鸡脯肉糊，烧开后即投入过油的苋菜，颠几下锅后即可装盘。

原料 苦瓜250克，墨斗鱼250克，湿冬菇50克，葱头丝250克，牛奶150毫升，面粉少许。

调料 奶油、胡椒粉、盐、高汤各适量。

墨斗鱼苦瓜

温馨小提示

墨斗鱼味咸，有养血、通经、催乳、补脾、益肾、滋阴之功效，墨斗鱼含丰富的蛋白质，口感鲜脆爽口，具有较高的营养价值。

做法

step1 苦瓜洗净，切丝；冬菇切丝；墨斗鱼去墨汁和骨，洗干净，控干水分后切丝，用盐、胡椒粉拌匀。

step2 炒锅置于火上烧热后，放入油，待油热后放入墨斗鱼丝煸炒均匀，再投入苦瓜丝煸熟，盛出。

step3 油烧热，下葱头丝，放奶油、牛奶、盐、味精、冬菇丝、高汤，加墨鱼丝和苦瓜丝一起焖，勾芡出锅。

洋葱炒干豆腐

原 料

干豆腐250克，洋葱200克，猪瘦肉100克。

调 料

色拉油、花椒油、菱粉、精盐、味精、酱油、醋、鲜汤各适量。

温馨小提示

本品能降血脂，预防血栓形成，降低胆固醇。

做 法

step1 将干豆腐切丝煮透，捞出，沥净水；将洋葱剥洗干净，切成丝；猪瘦肉切成火柴梗般粗的丝。

step2 油烧热放干豆腐丝煸炒添汤稍煮。将锅端到旺火上，投入肉丝、洋葱丝，加入酱油、精盐和味精翻炒。

step3 炒至肉、洋葱熟后，烹入醋，用菱粉勾芡，淋点花椒油，出锅即成。

原料 净螺肉250克，蒜苗100克，姜、大蒜适量。

调料 烹调油、辣椒酱、花椒、干辣椒、味精、盐、白糖、香油、料酒。

爆炒田螺

温馨小提示

汆螺肉时间不宜过长，以免质老。

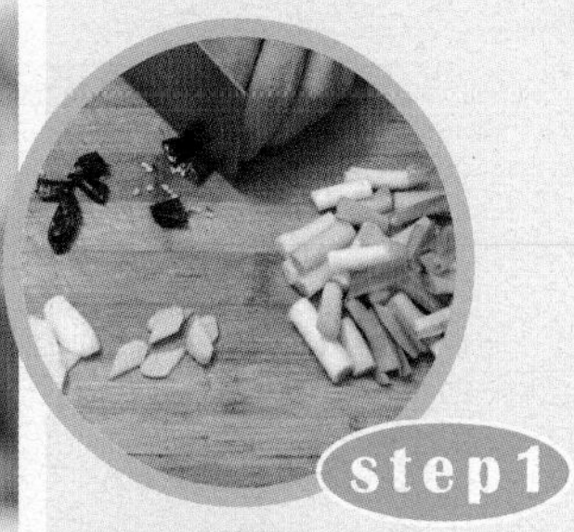

step1

step2

step3

做法

step1 螺肉洗净，用盐、料酒腌好，姜、大蒜洗净切片；蒜苗取蒜白段，切成马蹄形；干辣椒切小圆片。

step2 将腌制好的螺肉用沸水汆一下滤去水分，锅盛油烧至七成热下螺肉爆至断生。

step3 油烧热，下干辣椒、花椒、辣椒酱、姜、蒜片炒，放螺蛳肉、盐、糖、味精、蒜苗翻炒，淋香油即可。

仔姜田鸡

原料

田鸡400克，仔姜100克，甜椒50克，葱白20克，肉汤50毫升。

调料

胡椒粉、味精、川盐少许，湿淀粉10克，猪化油500毫升，绍酒10毫升。

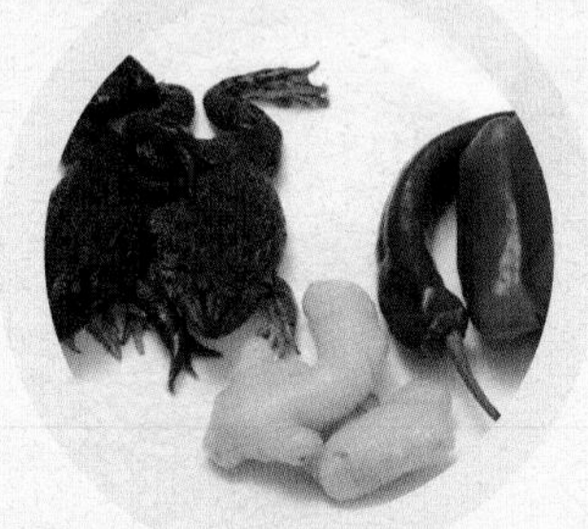

温馨小提示

田鸡腿必须先码味，急火快炒，一锅成菜，不换锅，不过油，是川味的特殊风格。

做法

step1 田鸡杀好，将净田鸡肉放入碗中加适量川盐、绍酒码味约5分钟；甜椒去蒂去籽与嫩仔姜同切片；葱白切段。

step2 将川盐、绍酒、胡椒粉、味精、湿淀粉、肉汤兑成芡汁。油烧热，下田鸡腿滑炒断生，滗去余油。

step3 锅中留油40克，续下嫩仔姜、甜椒、葱白炒至出味时，烹入芡汁，推转起锅盛盘即成。

原　料　干鱿鱼10克，猪瘦肉100克，绿豆芽100克，青红椒各1个。

原　料　绍酒10毫升，味精、川盐适量，芝麻油10毫升，混合油75毫升，酱油10毫升。

干煸鱿鱼丝

温馨小提示

因鱿鱼干含水分很少，所以煸炒要求火旺，油滚烫，翻动要快。煸炒时以六成热的油温为宜。当鱿鱼丝开始卷缩，要及时烹入料酒，切忌在锅内久煸，否则鱿鱼在高温下呈质地干瘪现象，绵老而嚼不动。

step1

step2

step3

做　法

step1 干鱿鱼去骨和头尾，横切成细丝，用水洗净沥干。猪肉切成粗丝。绿豆芽去根和芽瓣。青红椒切丝。

step2 炒锅置中火上，下油烧至六成热，放入鱿鱼丝略煸炒后，烹入绍酒再翻炒，即放入肉丝合炒。

step3 再加入豆芽、青红椒丝炒匀，最后放川盐、酱油，炒出香味，加味精，淋上芝麻油即成。

百合丝瓜炒鸡片

原 料

鲜百合200克，鸡胸肉150克，蒜蓉、葱切片各少许，丝瓜400克。

调 料

水1汤匙、麻油、胡椒粉各少许，酱汁、绍酒各半匙，盐1/4匙，生粉1匙。

温馨小提示

烹制丝瓜时应注意尽量保持清淡，油要少用，可用味精或胡椒粉提味，这样才能显示丝瓜香嫩爽口的特点。

做 法

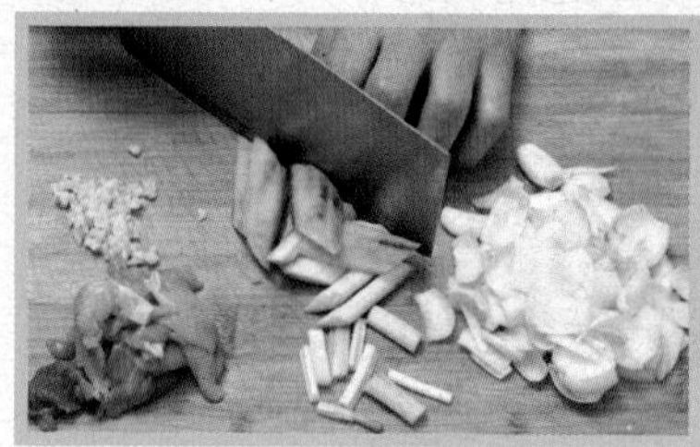

step1 丝瓜切件，用盐、油炒至软取出；百合剥成瓣洗净，沥干，待用；鸡胸肉略冲洗，抹干后切成薄片。

step2 另烧热油2汤匙，爆香蒜蓉、葱片，将鸡肉投入，煸炒至九成熟。

step3 然后加入调味料和丝瓜及鲜百合炒至熟即可。

甜椒肉丝

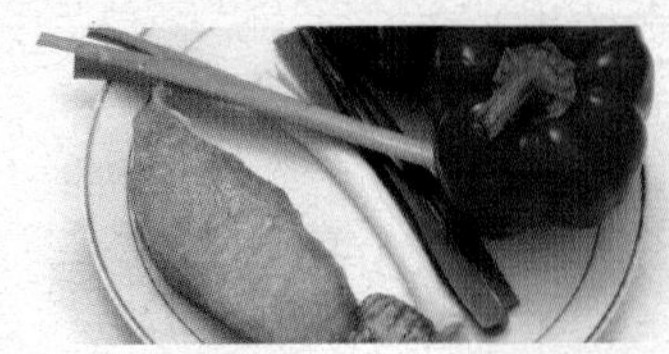

原料 猪瘦肉350克，甜椒100克，青蒜苗50克。

调料 嫩姜20克，水豆粉50克，素油50毫升，甜酱20克，料酒、鲜汤、盐、酱油、味精各适量。

温馨小提示

加工青辣椒时要掌握火候。由于维生素C不耐热，易被破坏，在铜器中更是如此，所以避免使用铜质餐具。

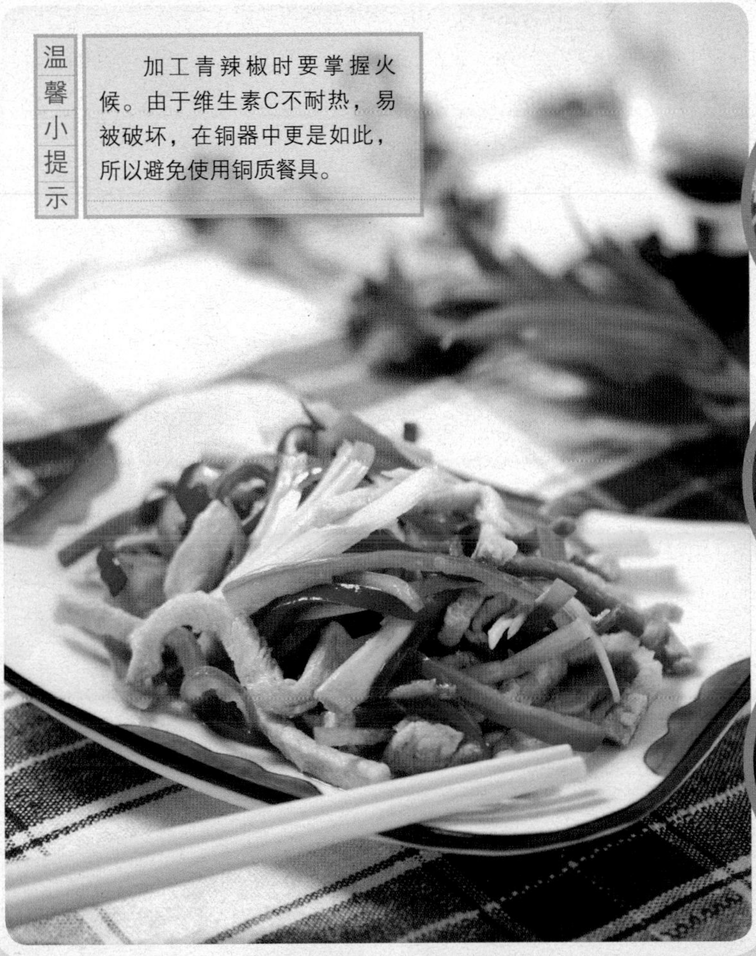

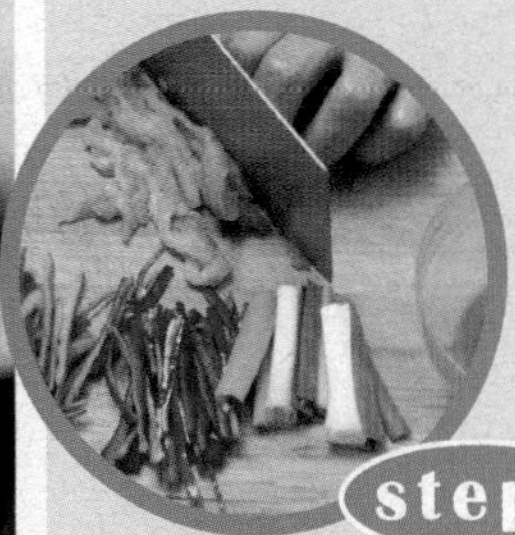

step1

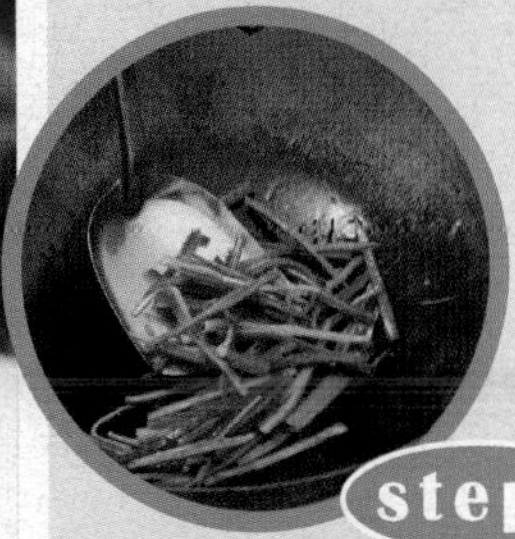

step2

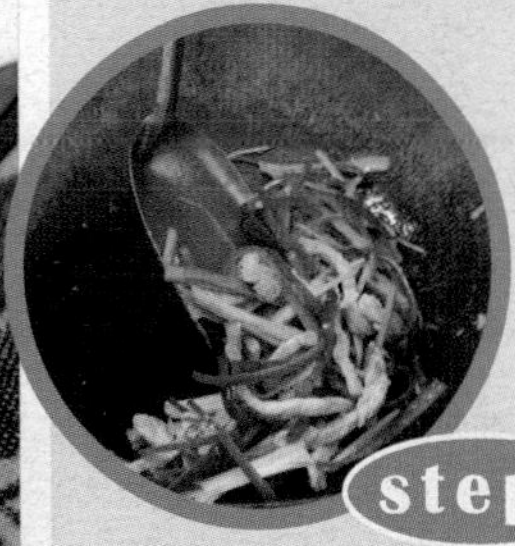

step3

做法

step1 猪肉切成粗丝，放碗里，加水豆粉、盐、料酒拌匀；甜椒去蒂、籽，切丝；嫩姜切细丝，蒜苗切段。

step2 炒锅置火上，油烧热，放入甜椒炒至断生起锅；酱油、料酒、水豆粉、味精、鲜汤装碗内调匀成芡汁。

step3 油烧热，放肉丝炒散，加甜酱炒香，下甜椒、姜丝、青蒜苗合炒，烹入芡汁，炒匀起锅装盘即成。

西芹百合炒腊肉

原料

腊肉150克，胡萝卜半个，西芹、蒜蓉、姜片、百合各100克。

调料

盐、味精、糖、水淀粉各适量。

温馨小提示

芹菜含有蛋白质、脂肪、糖类、膳食纤维、维生素、矿物质及微量元素。具有清热、平肝、健脾、利尿、降血压、降血脂、提神醒脑等功能。

做法

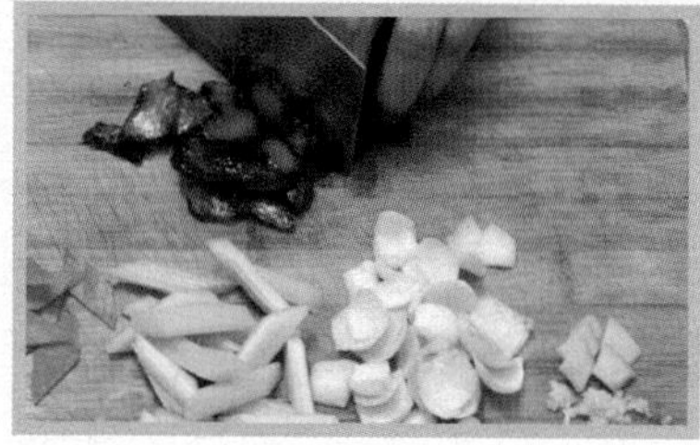

step1 腊肉切成片，西芹去筋切成片，百合掰开洗净，并分别在沸水中焯一下；胡萝卜切成片。

step2 炒锅中留底油，放入蒜蓉、姜片起锅，投入腊肉炒约1分钟。

step3 把西芹、胡萝卜、百合等同放锅中 起翻炒，加盐、味精、糖、水淀粉勾芡盛盘即可。

原 料 卷心菜400克，西红柿1个，大蒜3瓣，葱1棵。

原 料 绍酒1大匙，精盐1小匙。

炒卷心菜

温馨小提示

卷心菜甜度很高，炒的时候要先用大火炒至菜叶出水变软，再加点水盖锅，以小火焖煮至熟，才能完全将甜性挥发出来。

step1

step2

step3

做 法

step1 卷心菜撕成小片，洗净沥干水分。大蒜去皮，切末；西红柿洗净，切成月牙形片；葱洗净，切段。

step2 锅中倒入1大匙油烧热，爆香蒜末、葱段，放入西红柿炒香。

step3 再加入卷心菜用大火翻炒，然后倒入1/4杯水及精盐、绍酒炒匀，加盖转小火焖烧至熟，即可盛盘。

炒大明虾

原料

明虾肉400克，韭黄250克，湿香菇15克，青尖椒1个。

调料

猪油1000毫升（耗100毫升），胡椒粉、芝麻油、绍酒、湿淀粉、味精、鱼露各适量。

温馨小提示

在处理明虾时，要去掉其背上的虾线，那是虾未排泄完的废物，吃到嘴里有泥腥味，影响食欲。

做法

step1 虾背片开，去虾肠浸在淀粉水中。尖椒、香菇切片、韭黄切段，将调料和少许上汤调成碗芡。

step2 把锅烧热，下油，用旺火烧至七成热时，投入虾肉爆炸至熟，倒出沥去油。

step3 原锅放入少许猪油，将香菇、韭黄、尖椒炒香，再把肉下锅，投入碗芡，颠翻几下，迅速起锅装盘便成。

干炒牛肉丝

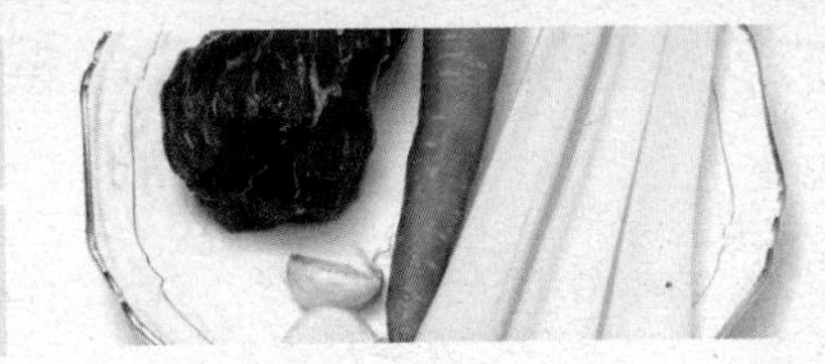

原 料	牛肉250克，胡萝卜、西芹各100克，葱花1汤匙，姜蓉1茶匙，蒜蓉适量。
调 料	辣椒油4茶匙，麻油1茶匙；盐1/2汤匙，味精1汤匙，糖1茶匙。

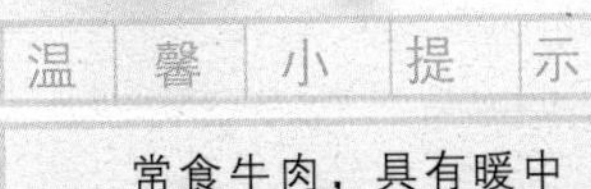

温馨小提示

常食牛肉，具有暖中补气、补肾壮阳、健脾补胃、滋养御寒、益筋骨、增体力之功效。

step1

step2

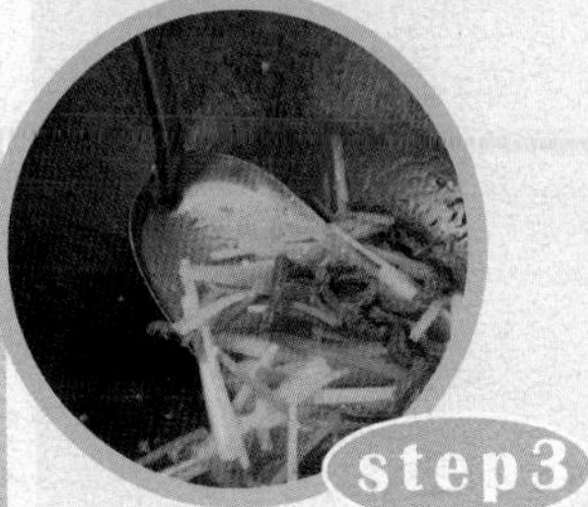

step3

做 法

step1 将牛肉、胡萝卜、西芹分别洗净切成丝。

step2 烧热1.5杯油，放入牛肉丝，用大火炸1~2分钟，沥干油分；再烧热1杯新油，将牛油再炸至干身，沥去油分。

step3 烧热2汤匙油，加豆瓣酱略炒香，下蒜蓉、胡萝卜丝、西芹丝及酒、老抽炒匀，下辣椒油、麻油兜匀即成。

图书在版编目(CIP)数据

小炒/犀文资讯编著. --长沙: 湖南美术出版社，2010.3
(今日营养餐丛书)
ISBN 978-7-5356-3562-4

Ⅰ.①小… Ⅱ.①犀… Ⅲ.①菜谱-中国 Ⅳ.①TS972.182

中国版本图书馆CIP数据核字(2010)第021277号

今日营养餐丛书
小炒

策划出品：犀文资讯
编　　著：犀文资讯
责任编辑：范　琳　李　松
出版发行：湖南美术出版社
（长沙市东二环一段622号）
经　　销：湖南省新华书店
印　　刷：深圳市彩美印刷有限公司
（深圳市龙岗区坂田光雅园村工业二区四号）
开　　本：889×1194　1/24
印　　张：16
版　　次：2010年3月第1版　2010年3月第1次印刷
书　　号：ISBN 978-7-5356-3562-4
定　　价：60.00元(共四册)

邮购联系：0731-84787105　邮　编：410016
网　　址：http://www.arts-press.com/
电子邮箱：market@arts-press.com
如有倒装、破损、少页等印装质量问题，请与印刷厂联系调换。
联系电话：0755-88833688转8328